그들도
한때는
인간이었다

서은주
성균관 대학교 영문학과를 졸업. 현재 전문 번역가로 활동 중.
『아주 특별한 사랑』『이성과 감성』등 다수의 번역서가 있다.

그들도 한때는 인간이었다

초판 1쇄 인쇄 2007년 5월 10일
초판 1쇄 발행 2007년 5월 15일

지은이 막심 고리키
옮긴이 서은주
펴낸이 한익수
펴낸곳 도서출판 큰나무
등록번호 제5-396호
등록일자 1993년 11월 30일
주소 서울시 서대문구 충정로 3가 3-95 2층
대표전화 (02) 365-1845~6
팩스 (02) 365-1847
이메일 btreepub@chol.com
홈페이지 www.bigtreepub.co.kr

ISBN 978-89-7891-234-1 03890

값 8,500원
*잘못 만들어진 책은 교환해 드립니다.

CREATURES THAT ONCE WERE MEN by Maxim Gorky

Korean Translation Copyright ⓒ 2007 by Big Tree Publishing co.

그들도 한때는 인간이었다

막심 고리키 지음 서은주 옮김

큰나무

막심 고리키(본명 알렉세이 막시모비치 페쉬코프. 1868~1936)
는 1868년 3월 니주니노브고로트(현 고리키시)에서 태어났
다. 아버지는 기선회사에 다니던 가난한 목공이었으며 어
머니는 염색공의 딸이었다. 5살 되던 해 부친이 사망하자
외조부 밑에서 성장하게 되나 11세부터는 생계를 꾸려나가
기 위해 심부름꾼, 접시닦이, 부두 노동일을 하며 가혹한
삶의 현실을 체험한다. 학교는 문턱에만 겨우 다니고 거의
독학으로 글을 깨치게 된다.

카잔에 가서 대학에 들어가려 하지만 입학이 좌절된다. 그러나 고리키는 진보적 젊은이들과 교제하면서 비합법적인 인민주의 서클에 참여하게 된다. 그러면서 마르크스주의 서적에 친숙하게 되었고 나로드니키(19세기 후반부터 20세기 초, 러시아의 자본주의를 비판하고 혁명적 정치·문학 운동에 참여한 급진적 지식 계급) 혁명 사상에 눈뜨게 된다. 1887년에는 권총으로 자살을 기도하기도 하나 미수에 그치고, 1891년에는 방랑길에 올라 온 러시아를 방랑한다. 볼가 강 유역과 우크라이나 등지를 떠돌아다녔는데 이때 만난 수많은 떠돌이, 집시, 부랑자들은 본 작품을 포함한 여러 작품 속에 생생히 묘사되어 있다.

고리키의 가장 대표적인 작품으로는 「어머니」(1906)를 들 수 있다. 이 작품의 주인공은 노동자들이다. 이 작품의 가장 뚜렷한 주제는 '새로운 인간의 탄생', '새로운 의식의 탄생'이다. 고리키는 수동적이고 핍박만 당하는 문맹의 여성이 의식적 혁명투사로 변화되어 가는 과정을 이야기하고 있다. 「어머니」는 사회주의 리얼리즘 문학의 고전으로 꼽힌다.

고리키는 이어서 1906년부터 1919년까지 망명 생활을 한다. 그는 이 시기에 마르크스주의와 종교를 합쳐 보려는 일종의 도스토예프스키적인 인신 사상, 혹은 니체적인 초인 사상에 경도되기도 한다. 1913년에는 귀국을 하지만 혁명 후 1928년부터 다시 이탈리아로 가서 1931년까지 그곳에 머문다. 1928년부터는 가끔 러시아에 돌아왔으며 1931년부터는 다시 귀국하여 러시아에 정착한다.

〈그들도 한때는 인간이었다〉라는 제목을 본 작품에서 그는 도시로 대변되는 중심부에서 추방된 사람들의 일탈적인 삶을 통해 그의 사상, 종교에 대한 생각, 철학 등을 고스란히 드러내고 있다. 분량도 길지 않으며 이야기의 구성도 복잡하지 않다. 하지만 도입부의 주변 환경 묘사 등을 포함해서 곳곳에서 마주치는 풍경 묘사는 자연 혹은 우주의 비정함과 인간 삶의 초라함을 느끼게 한다. 또한 설교하기 좋아하는 아리스티드 쿠발다의 입을 빌려 얘기되는 내용은 인간 삶의 이면에 감춰진 진실들을 아프게 들춰낸다. 이러한 면에서 고리키가 인간을 어떻게 바라보는지가 잘 나타나 있다. 뿐만 아니라 쿠발다 대위가 상인인 페투니코프를 병적으로 싫어한다는 점도 시사 하는 바가 크다.

고리키가 상업이나 돈에 대해 어떻게 생각하는지를 엿볼 수 있다. 그렇지만 본 작품의 재미는 고리키의 사상이나 철학이 어떤 것이냐 하는 것을 이해하는 것에 앞서 문장 하나 하나가 안겨주는 감동이 아닐까 생각한다.

서은주

차례

그들도 한때는 인간이었다

CREATURES THAT ONCE WERE MEN

  눈앞에 펼쳐진 큰 길 양옆으로 창문을 걸어 닫은 채인 오
래된 벽들이 서로를 짓누르며 앞으로 쓰러질 듯한 초라한
모습의 오두막들이 줄지어 서 있었다. 낡아빠진 오두막들
의 지붕은 온통 구멍 투성이여서 여기저기 윗가지를 덮어
놓았고 그 아래로는 곰팡이 핀 서까래가 불쑥 솟아나와 있
었다. 그 위로는 이파리에 먼지가 잔뜩 내려앉은 오래된 딱
총나무와 휘어진 하얀 버드나무가 그림자를 드리우고 있었
다. 가난한 사람들이 거주하고 있는 외곽 지역의 비루한 식
물상(植物象)이 아닐 수 없었다.

창틀에 끼워져 있는 흐릿한 녹색의 오래된 유리가 마치 사기꾼이 주저하며 힐끔거리듯 서로를 바라보았다. 길을 지나 인접한 산을 향하여 구불구불 길이 이어지고 있었다. 길 위로는 빗물이 고인 깊은 도랑이 군데군데 패어 있고, 여기저기 쌓여 있는 흙과 잡동사니는 쓰레기이거나 집 안으로 빗물이 흘러 들어오지 못하도록 일부러 쌓아놓은 것이었다. 산등성이에는 잎이 무성한 푸른 정원 가운데 아름다운 석조 건물이 숨겨져 있는데 교회의 종루가 하늘을 향해 자랑스럽게 솟아 있고 금빛의 십자가가 태양빛 아래 빛났다. 장마철에는 인근 동네의 빗물이 이 길로 쏟아져 들어왔다. 그렇지 않을 때는 흙먼지로 가득했다. 초라한 이 오두막들은 마치 어떤 강력한 손에 의해 흙먼지와 잡동사니와 빗물이 뒤엉켜 있는 이곳으로 쓸려 온 듯 보였다. 오두막들은 높은 산을 뒤로 하고 땅바닥에 달라붙어서는 햇빛에 드러난 채 썩어 가는 쓰레기에 둘러싸여 있었다. 집들이 물에 불은 모습은 마치 반쯤 썩은 고목나무의 가지를 보는 것 같은 인상을 풍겼다.

그 길의 끝에는 한 이층집이 마을에서 쫓겨난 듯 서 있었다. 마을의 상인이며 주민인 페투니코프로부터 임대한 것이었다. 그 집은 산에서 멀리 떨어져 있어서 비교적 괜찮은

상태였다. 집 옆에는 넓은 들판이 펼쳐져 있고 반 마일 쯤 떨어진 곳에는 강이 구불구불 흐르고 있었다.

커다랗고 오래된 그 집은 주변에서 가장 음침한 분위기를 자아냈다. 벽은 바깥으로 휘어져 있고 유리창이 끼워져 있는 창문은 거의 찾아볼 수 없었다. 다만 몇 개의 유리 조각이 늪지의 물처럼 흐릿한 녹색을 띠었다. 창문과 창문 사이의 벽은 점으로 뒤덮여 있었는데 마치 시간이 거기에 상형문자로 오래된 이집의 역사를 기록하려 한 것 같았다. 거기에다 기우뚱한 지붕은 이 집을 한층 더 초라해 보이게 했다. 마치 집 전체가 땅바닥으로 기울어진 채 자신을 여기저기 널려 있는 잡동사니로, 마침내는 먼지로 돌려놓을 운명의 마지막 손길을 기다리고 있는 듯 보였다.

문들은 열려 있었는데, 그 중 절반쯤은 제자리에 붙어 있지 않고 입구의 땅바닥에 누워 있었다. 문기둥 사이에는 잡초가 자라나 있었고 비어 있는 넓은 뜰에도 잡초가 우거져 있었다. 이 뜰의 안쪽에는 양철 지붕을 인 채 연기에 그을린 낮은 건물이 자리 잡고 있었다. 앞의 본채에는 물론 아무도 살지 않지만 전에 대장장이의 대장간이었던 이 헛간은 이제 아리스티드 포미치 쿠발다라고 하는 은퇴한 대위가 운영하는 싸구려 여인숙으로 바뀌어 있었다.

여인숙 안에는 약 8.5미터, 21미터의 길고 더러운 널빤지가 놓여 있었다. 방안은 한쪽에 있는 작은 사각창 네 개와 다른 쪽에 있는 큰 창으로 빛이 들어왔다. 칠을 하지 않은 벽돌담은 연기로 까맣게 그을려 있고 통나무로 지은 천장도 검정색에 가까웠다. 가운데에는 커다란 난로가 있었는데 화덕이 덩그마니 놓여 있는 형태였다. 난로를 둘러싸고 벽을 따라서도 길고 넓은 널빤지가 놓여 있었다. 이것이 투숙객들의 침대였다. 벽에서는 연기 냄새, 축축한 흙바닥 냄새, 길고 넓은 널빤지에서 썩고 있는 깔개 냄새가 풍겼다.

주인의 자리는 난로 옆이었다. 그 주위의 널빤지는 주인과 사이가 좋은 사람이나 주인의 우정으로 영광을 입은 사람의 것이었다. 낮 동안 대위는 자신이 뜰의 담에 벽돌을 쌓아 만든 일종의 의자에 앉아서, 혹은 건너편에 있는 예고르 바빌로비치의 음식점 겸 술집에서 대부분의 시간을 보냈다. 그는 그곳에서 매 끼니를 해결했고 보드카를 마셨다.

이 집을 임대하기 전 아리스티드 쿠발다는 시내에서 직업소개소를 운영했었다. 그의 과거를 좀더 살펴보면 그는 한때 회화 작품을 소장하기도 했으며 그 전에는, 그의 말에 따르자면, '그냥 살았다. 그것도 아주 잘 살았다. 빌어먹을, 어떻게 사는지 아는 사람처럼.' 이라고 한다.

그는 키가 크고 어깨가 벌어진 사십대 남자였다. 거칠어 보이는 얼굴은 술 때문에 붓고 누런 턱수염은 지저분했으며 커다란 회색 눈은 비웃는 듯 행복한 표정이었다. 그는 낮은 목소리로 말했는데 목에서 중얼거리는 듯했다. 그리고 그의 이 사이에는 언제나 대통이 기다란 독일제 자기 파이프가 물려 있었다. 그가 화났을 때는 커다랗고 비뚤어진 붉은 코의 콧구멍이 벌름거리고 입술이 떨리면서 크고 이리 같은 두 줄의 누런 이가 드러났다. 그는 팔이 길었고, 다리를 절었다. 언제나 오래된 군복을 입고, 붉은 띠를 두르고 챙이 없는 기름때 절은 더러운 모자를 쓰고, 무릎까지 올라오는 너덜너덜한 펠트 부츠를 신었다. 아침이면 대개는 숙취 때문에 심한 두통을 느꼈고 저녁에는 또 다시 진탕 마셨다. 아무리 많이 마셔도 취하지 않았고 그래서 항상 명랑했다.

밤이 되면 그는 벽돌로 만든 의자에 앉아 입에 파이프를 물고 손님을 받았다.

"이게 누구신가?"

그는 자신에게 다가오는 누더기 차림의 사람에게 묻곤 했다. 그 사람들은 술 때문에, 혹은 그렇게 단순하지 않은 어떤 이유로 시내에서 쫓겨난 사람들이었다. 그 사람이 대답을 하면 그는 또 이렇게 말하곤 했다.

"당신의 거짓말을 증명할 수 있는 합법적인 서류들을 좀 볼까?"

그리고 그런 서류가 있으면 그런 것들이 내보여졌다. 그러면 대위는 서류를 가슴에 품고 그것에는 아무런 관심도 보이지 않은 채 이렇게 말하곤 했다.

"아무런 문제없군. 하룻밤에는 2코펙이고 일주일에는 10코펙이야, 한 달에는 30코펙이고. 가서 자리를 찾아봐. 다른 사람 자리는 아닌가 살펴보고. 안 그랬다간 그자들이 가만 두지 않을 테니까. 여기 사는 사람들은 좀 유별나거든."

"차나 빵 같은 먹을 것은 안 파시나요?"

"난 지붕과 벽만 거래해. 그것들에 대해 사기꾼 같은 이 소굴의 주인한테 돈을 지불하지. 제2조합 장사꾼 주다스 페투니코프 말야. 한 달에 5루블씩이나."

쿠발다가 사업가 같은 목소리로 설명했다.

"나한테 찾아오는 사람들은 안락과 사치에 익숙지 않아. 하지만 날마다 먹어야 한다면 건너편에 음식점이 하나 있기는 해. 그런데 그런 습관은 버리는 게 좋을 거야. 뻔히 알다시피 그쪽은 귀족이 아니잖아. 먹기는 뭘 먹어? 너나 먹어라!"

사업가와 같은 근엄한 태도로, 그러나 언제나 웃음 짓는 눈빛으로 늘어놓는 이런 연설 때문에, 그리고 투숙객들에게 보이는 관심 때문에 대위는 이 마을의 가난한 사람들 사이에서 인기가 높았다. 한때 이곳에 머물던 사람이 넝마가 아니라 좀더 봐줄만한 것을 입고 좀더 행복한 모습으로 나타나는 일이 흔히 있었다.

"안녕하세요, 대위님. 어떻게 지내세요?"

"살아 있어, 건강하게. 쓸데없는 소리 좀 작작해."

"절 모르세요?"

"몰라."

"지난겨울 한 달씩이나 대위님하고 같이 살았는데 기억 못하세요? 경찰하고 싸움이 붙어서 세 사람이나 끌려갔었잖아요?"

"자네로구만. 그랬었지. 호의를 베푸는 우리 집 지붕 밑까지 경찰들이 쳐들어온다니까."

"세상에나! 대위님께서는 이곳 경감한테 다짜고짜 따지셨잖아요. 제 조그만 호의를 받아주시겠어요? 대위님과 함께 지낼 때 대위님은……."

"감사하는 마음은 좋은 거야. 좀처럼 보기가 힘들거든. 자넨 좋은 사람 같구만. 비록 자네를 기억하지는 못하지만 자네와 함께 술집에 가서 기쁜 마음으로 자네의 성공과 밝은 미래를 위해 한잔 마시겠네."

"여전하시네요. 언제나 이렇게 농담을 하세요?"

"그러면 농담 말고 뭘 할 수 있겠나, 이런 불행한 사람들과 섞여 살면서."

그들은 술집으로 향했다. 때때로 대위를 찾아왔던 예전의 투숙객은 여흥으로 격양되고 혼란스러워져 여인숙으로 돌아왔다. 그리고 다음날 아침 그들은 또다시 서로에게 술을 대접했다. 그러다 마침내 대위를 찾아온 사람은 자신이 가진 돈을 술 마시는 데 다 써버렸다는 것을 깨닫곤 했다.

"대위님, 제가 또 대위님 신세를 져야 할까 봐요. 이제 어떻게 하죠?"

"보아하니 처지가 안됐구만. 그렇다고 괴로워할 필요는 없어."

대위가 말했다.

"우리는 모든 것을 무심하게 대해야 해. 철학 때문에 자신을 망치거나 자신에게 질문을 던질 필요 없어. 철학은 언제나 바보짓이야. 술에 취해 두통을 느끼며 철학을 생각한다는 것은 더할 나위 없이 그래. 숙취에는 보드카가 약이야, 양심의 가책이나 이를 가는 짓이 아니라. 이를 아껴. 그렇지 않으면 자신을 보호할 수 없으니까. 여기 20코펙이네. 가서 5코펙으로는 보드카 한 병을 사고 따끈따끈한 곱창과 간, 빵 1파운드, 오이 2개를 사와. 술에 약간 취해야 문제를 생각할 수 있으니까.”

대개 이 ‘문제’를 생각하는 것은 이삼 일 계속되었다. 그리고 감사하는 마음으로 예전의 투숙객이 그에게 주었던 3루블이나 5루블을 한 푼도 남김없이 모두 쓰고 났을 때 대위는 이렇게 말했다.

“이제 됐네! 알겠나? 이제 자네와 함께 모두 마셔 버렸으니까 다시 제정신을 차려. 죄를 짓지 않으면 후회하지 않고, 후회하지 않으면 구원받을 수 없다는 것은 정말 슬픈 일이야. 우리는 첫 번째 것은 했어. 하지만 후회는 쓸데없는 짓이야. 우리는 즉시 구원받도록 하자고. 강으로 나가서 일을 해. 그리고 자네가 정말 참을 수 없거든 주인이나 사장한테 말해서 돈을 맡아 달라고 해. 아니면 나한테 주든지. 돈이 좀 모이면 자네한테 바지를 사주든가 아니면 자네가 운명에 괴로워하는 그럴 듯한 노동자로 보이도록 필요한 다른 물건을 사주지. 그럴 듯한 바지를 입으면 더 멀리까지도 진출할 수 있을 거야. 그러니 이제 꺼져버려!”

그러면 그 사람은 대위의 길고 박식한 연설이 계속되는

동안 미소를 짓고 있다 짐꾼으로 일하기 위해 강으로 떠났다. 그는 대위의 연설을 분명하게 이해하지 못했다. 다만 대위의 앞에 서서 그의 유쾌한 두 눈을 바라보면 알 수 없는 힘이 솟는 것을 느꼈다. 그리고 수다스러운 대위를 보며 그에게는 필요할 때 그를 지탱해 줄 수 있는 든든한 팔이 있다는 것을 깨달았다.

그리고 꽤 자주 있는 일인데, 대위의 빈틈없는 감시를 받던 가출옥 투숙객이 한 달여 만에 대위의 도움으로 예전의 상태보다 훨씬 더 나아진 상태로 자신을 끌어올릴 수 있었다.

"자, 이제 친구."

대위가 몰라보게 달라진 투숙객을 꼼꼼히 뜯어보며 말했다.

"여기 외투와 윗도리가 있어. 나도 근사한 바지를 입었을 때는 사람 대접받으며 시내에서 살았지. 그런데 바지가 해지니까 사람들이 나까지 무시하는 거야. 그래서 시내에서 쫓겨나 여기까지 흘러 들어온 거지. 사람들은 외모만으로 모든 것을 판단하려 드는데 그런 사람은 어리석어서 진실이 뭔지 몰라. 이 점을 꼭 명심해. 그리고 나한테 빚진 거 절반이라도 갚아. 안심하고 가보게. 구하라! 그러면 얻을 것이니라."

"제가 얼마를 드려야 하나요, 아리스티드 포미치?"

투숙객은 혼란스러운 듯 물었다.

"1루블 70코펙. 그냥 1루블만 줘. 아니면 70코펙만 주든지. 나머지는 자네가 지금 가진 것보다 더 많이 벌 때까지 기다려 주지. 도둑질을 하거나 노동을 하거나 그건 상관없어."

"어떻게 고맙다고 말씀드려야 할지 모르겠어요."

투숙객은 감동하여 말했다.

"대위님은 정말 친절한 분이세요. 인생이 그렇게 대위님을 괴롭혔는데도 허사였네요. 어울리는 자리에 계셨더라면 굉장한 분이 되셨을 거예요."

대위는 장광설을 늘어놓지 않고는 못 배기는 사람이었다.

"'어울리는 자리'라니 그게 무슨 뜻이야? 어떤 사람도 자기 인생에서 어울리는 자리가 어딘지 몰라. 우리는 모두들 꾸물꾸물 기어서 자신의 일을 찾아가지. 장사꾼 주다스 페투니코프한테 어울리는 자리는 노역이나 하는 거야. 그런데 여전히 대낮에 거리를 활보하고 있잖아. 거기다 공장까지 지으려 드니. 우리 선생의 자리는 마누라와 열두 명의 자식들 옆이야. 그런데 그 사람은 바빌로비치의 술집에서 술집 종업원이 되려고 해. 하지만 자네는 군대에 들어가 군인이 되는 게 나아. 자넨 바보가 아니거든. 인내심도 있고 훈련받을 능력도 있어. 인생은 우리를 카드처럼 뒤섞어 버리지. 우리가 제자리를 차지하게 되는 것은 단지 우연에 의해서야, 그것도 잠깐일 뿐이야."

이러한 고별사는 흔히 다른 화젯거리의 서문이 되어 이어지곤 했다. 이때도 물론 술로 시작되었으며 그 투숙객이 마지막 한 푼까지 다 써버리도록 술은 계속되었다. 그러면 대위는 그 사람에게 한턱을 내고 그들은 가진 돈을 모두 마시는 데 써버렸다.

비슷한 일이 아무리 반복된다고 하더라도 그들의 사이좋은 관계는 조금도 변함이 없었다.

대위가 말한 선생도 순전히 다시 죄를 짓기 위해 새로운 모습으로 변신하는 투숙객 중의 한 사람이었다. 그는 지식이 있는 사람이어서 서열상 대위와 가장 가까웠다. 그리고 바로 그 지식이 그를 여인숙 인생으로 전락시키고 다시 일어서지 못하게 하는 이유 같았다. 아리스티드 쿠발다가 자신의 얘기가 이해되고 있다고 안심하며 철학을 논할 수 있는 유일한 사람이었다. 그는 이 점을 높이 평가했다. 그리고 변신한 선생이 도시에서 한구석이라도 쿠발다가 너무나 애처롭고 서글프게 그를 따라나섰기 때문에 결국에는 언제나 두 사람 모두 진탕 술을 마시고 가진 돈을 모두 써버리곤 했다. 쿠발다가 일을 교묘히 꾸몄기 때문에 선생은 진심으로 여인숙을 떠나고 싶었으면서도 그럴 수가 없었다. 아리스티드 쿠발다가, 귀족인 그가(그의 장광설로 보아 알 수 있다), 생각이 있는 그가, 비록 운명의 뒤틀림이 그의 처지를 바꿔놓기는 했지만 가까운 곳에 자신과 같은 사람이 있었으면 하고 바라지 않을 수 있겠는가? 사람들은 다른 사람을 보며 자신의 결점을 애석해 하는 것이다.

선생은 볼가 강가에 있는 어느 도시의 한 학교에서 학생들을 가르치다 무슨 일인가로 해고되었다. 그 후 그는 가죽 공장의 사원이 되었는데 거기서도 떠나야만 했다. 그리고는 어떤 사설 도서관의 사서가 되기도 했고 그 후로도 여러 직업을 전전했다. 그러다 마침내 사법시험에 합격해 변호사가 되었다. 그런데 술 때문에 대위의 여인숙으로까지 흘러 들어오게 된 것이다. 그는 키가 크고, 어깨는 둥글고, 코가 길고 날카로우며, 대머리였다. 쐐기 모양의 턱수염이 자라고 있는 앙상하고 누런 얼굴에는 불안해 보이는 커다란 눈동자가 눈구멍 깊이 들어앉아 빛나고 있었으며 입은 서글픈 듯 밑으로 쳐져 있었다. 선생은 지역 신문에 기사를 쓰는 것으로 빵 살 돈, 아니 술 마실 돈을 벌었다. 때로는 15루블이나 벌었는데 그는 이 돈을 대위에게 주며 이렇게 말했다.

"이 정도면 충분해. 난 다시 문명의 가슴에 안기겠네. 한 주일만 더 열심히 일하면 근사한 옷을 살 수 있을 거야. 그런 다음에는, 안녕 내 친구."

"아주 모범적이야! 필립, 나도 진심으로 자네의 결정에 찬성하네. 그러니 이 주에는 자네한테 술을 한 잔도 건네지 않겠네."

대위가 엄숙하게 통고했다.

"고마워해야 할 일이군. 나한테 한 방울도 안 주겠다고?"

대위는 그의 목소리에서 애원하는 말투를 읽었으면서도 못들은 척했다.

"자네가 화를 낸다 해도 한 방울도 안 주겠네!"

"그렇다면 좋을 대로 해."

선생이 한숨을 내쉬더니 계속 기사를 쓰려고 가버렸다. 그러나 하루나 이틀이 지난 후 그는 지치고 갈증에 찌든 모습으로 돌아와 친구의 마음이 누그러지기를 간절히 바라며 애원하는 눈빛으로 대위를 바라보곤 했다.

그러면 대위는 심각한 얼굴로 지독한 독설과 함께 인간의 나약함이라든지 취했을 때의 동물적인 희열이라든지 아니면 그 상황에 맞는 온갖 화제를 가지고 이야기를 늘어놓았다. 사람들이 자신을 제대로 평가해야 한다며 대위는 스

승이나 도덕주의자 역할에 사로잡혀 있었다. 하지만 여인숙 사람들은 그를 따라다니면서 그의 훈계에 의심스럽게 귀를 기울이며 서로 귀엣말을 주고받았다.

"교활하고 둘러대기 잘 하는 사기꾼! 내가 그랬잖아, 하지만 자넨 내 말을 안 들었지. 다 자네 탓이야!"

"대위님은 정말 훌륭한 군인이야. 남들보다 먼저 가서서 길이 안전한가 살펴보시는 분이라구."

선생은 여기저기 뒤지고 다니다 마침내 한쪽 구석에서 친구를 발견하고는 더러운 외투 자락을 붙잡고 덜덜 떨었다. 그리고는 메마른 입술을 훔치고 말없이 슬프고 깊은 눈빛으로 대위의 얼굴을 바라보았다.

"못 참겠나?"

대위가 무뚝뚝하게 물었다.

선생은 고개를 끄덕여 대답을 하고는 얼굴을 가슴께로 떨구었다. 그러는 동안에도 그의 길고 여윈 몸뚱이는 계속 떨렸다.

"하루만 더 참아보게. 그러면 괜찮아질 테니까."

쿠발다가 제안했다. 선생은 한숨을 지으며 무기력하게 고개를 가로저었다.

대위는 친구의 가느다란 몸뚱이가 독액을 마시고픈 갈증

때문에 떨리는 것을 보고 주머니에서 약간의 돈을 꺼냈다.

"대부분의 경우 운명과 맞서 싸우기란 불가능하지."

누군에겐가 자신을 정당화시키려고나 하려는 듯 그가 말했다. 그러나 만약 선생이 일주일 내내 참았더라면 두 친구 사이에 감동적인 고별 장면이 연출되었을 것이다. 이 일은 그렇게 대개 바빌로비치의 술집에서 끝나곤 했다.

선생은 돈을 모두 쓰지 않았다. 적어도 절반은 거리의 아이들에게 썼다. 가난한 사람들은 자식 농사에 있어서만은 부자였다. 이 거리의 흙먼지와 물웅덩이 속에서는 굶주리고 벌거벗고 씻지도 않은 아이들이 아침이고 저녁이고 발견되었다. 아이들은 살아 있는 꽃이었다. 그런데 이 아이들은 일찍 시들어 버린 꽃 같았다. 그 아이들은 영양분이 풍부하지 않은 땅에서 자라고 있었다.

선생은 종종 아이들을 불러 모으고 빵, 달걀, 사과, 밥 따위를 사서 그들과 함께 강가의 들판으로 나갔다. 아이들은 거기 앉아 그가 사준 것들을 게걸스럽게 먹어치우고는 온 들판을 거칠 것 없는 소란스러움과 웃음으로 가득 채우며 놀았다. 그러면 주정뱅이의 크고 홀쭉한 몸집이 작은 인간들 사이에 우뚝 솟아나왔다. 아이들은 그를 스스럼없이 대했다. 마치 그도 같은 또래의 아이 같았다. 아이들은 그를

'필립' 이라 불렀다. 그 이름 앞에 '아저씨' 라는 호칭을 붙이려고도 하지 않았다. 아이들은 작은 야생 동물들처럼 그를 둘러싸고 뛰며 그를 밀치고, 등에 올라타고, 벗겨진 머리를 때리고, 코를 잡아당겼다. 모든 것이 즐겁기만 한 듯 그는 이런 무례한 짓을 나무라지 않았다. 그는 아이들에게 별로 말을 하지 않았다. 그리고 말을 하더라도 자신의 말이 아이들을 다치게 하거나 오염시키지나 않을까 걱정되는 듯 조심스럽게 말했다. 그래서 그는 그저 침울한 눈빛으로 아이들의 생기발랄한 얼굴을 바라보며 그들의 친구와 장난감이 되어 많은 시간을 보냈다. 그리고는 생각에 잠겨 느릿느릿 바빌로비치의 술집으로 발걸음을 옮겼다. 거기서 모든 감각이 없어질 때까지 말없이 급하게 술을 마셨다.

그는 기사를 쓰고 나서는 거의 매일 신문을 가져와 한때는 인간이었던 동물들 패거리를 자신의 주위에 불러 모았다.

선생이 보이면 그들은 술에 취해 있거나 숙취 때문에 두통을 느끼며, 마당 여기저기서 하나둘씩 모습을 드러냈다. 머리카락은 흐트러지고 옷은 너덜너덜해서 초라하고 비루한 모습들이었다. 술통처럼 뚱뚱한 알렉세이 막시모비치 심초프는 전에 산림 감시원이었는데 이제는 성냥, 잉크, 구두약, 레몬 따위를 팔고 있었다. 육십 줄의 노인인 그는 두 꺼운 무명 외투를 입고 챙이 넓은 모자를 쓰고 있었다. 모 자의 더러운 테두리가 살찌고 붉은 그의 얼굴을 가렸으며 두터운 흰 수염 밖으로 작고 붉은 코가 유쾌하게 하늘을 향 하고 있었다. 입술은 두껍고 붉었으며 물기에 젖은 눈은 냉 소적으로 보였다. 사람들은 그를 '쿠바르'(팽이, 소라라는 의미이다)라고 불렀다. 둥근 얼굴과 소란스러운 말투에 꼭 어울리는 이름이었다. 그 뒤로 한쪽 구석에서 카네츠가 나 타났다. 어둡고 음울하며 말이 없는 술고래였다. 그 다음에 는 전에 교도소장이었던 루카 안토노비치 마르티야노프가 뒤따랐다. '레메쇼크', '트릴리스티카', '반코프카'와 같이 낮은 계층의 사람들이 주로 하는, 경찰이 인정하지 않는 도 박 따위로 먹고사는 사람이었다. 그는 단단하지만 가끔씩 쑤시는 몸을 선생 옆의 풀밭 위에 부리곤 했다. 그리고는 주변을 둘러보고 머리를 긁적이며 거칠고 낮은 목소리로 이렇게 물었다.

"같이 들어도 될까요?"

그 다음에는 파벨 손체프가 나타났다. 그는 삼십대의 남 자로 낭비벽 때문에 고생하고 있었다. 싸우다가 왼쪽 갈비 뼈를 부러뜨렸는데 날카로운 누런 얼굴은 마치 여우처럼 심술궂은 미소를 띠고 있었다. 얇은 입술을 열면 썩어서 검어진 두 줄의 이가 드러났다. 그의 어깨 위에 걸쳐 있는 누더기 옷은 마치 옷걸이에 걸려 있는 것처럼 앞뒤로 흔들렸다. 그들은 그를 '아베도크'라 불렀다. 그는 거리에서 자기가 직접 만든 솔이나 욕실 빗자루를 팔았다. 특별한 풀로 만들어서 튼튼하고 좋은 솔이었다.

그 다음으로는 누구도 그에 대해 아는 것이 없는 깡마른 남자가 뒤따랐다. 그는 말이 없고 소심했다. 도둑질 때문에 고등법원과 치안판사 재판소의 판결에 따라 세 번이나 감옥에 들어갔었다. 그의 성은 키셀니코프였지만 사람들은 그냥 팔타라(1과 1/2이란 뜻이 있다) 타라스라고 불렀다. 친구인 타라스 부제(副祭 부제품을 받은 성직자, 사제를 도와 설교 • 성체 분배 • 성대한 세례 예식의 집행을 위임받음)보다 머리 하나만큼 컸기 때문이다. 타라스 부제는 술을 마시고 풍기가 문란하다는 이유로 러시아 정교회에서 쫓겨났다. 이 부제는 키는 작지만 딴딴한 사람이었다. 가슴이 운동선수 같았고 머리는 둥글고 단단해 보였다. 그는 춤을 잘 추었다. 그런데 욕은 더 잘했다. 그와 팔타라 타라스는 강가의 숲에서 일했다. 쉬는 시간이면 그는 친구와 귀를 기울이고 있는 모든 사람들에게, 흔히 그가 말하듯, '자기가 지어낸 이야기'를 들려주곤 했다. 그 이야기들을 들어 보면 주인공은 언제나 성인, 왕, 사제, 장군들이었다. 여인숙 사람들마저 부제의 상상력에 감탄하며 침을 뱉고 눈을 비볐다. 부제는 눈을 깜빡이며 침착하고 냉정한 표정으로 음란하고 환상적인 모험담을 늘어놓았다. 이 남자의 상상력은 강력하면서도 지칠 줄 몰랐다. 그는 아침부터 저녁까지 종일토록 꾸며낸 이야기를 계속하면서도 전에 한 이야기는 한 번도 반복하지 않았다. 그의 표정에서 때로는 타락한 시인을, 때로는 공상가를 엿볼 수 있었다. 더군다나 그는 효과적이고 강렬한 단어를 써서 언제나 자신의 이야기를 실감나게 만들었다.

그밖에도 쿠발다 메테오르라고 하는 바보스러운 젊은이가 있었다. 어느 날 밤 그가 여인숙에 와서 자더니 그 이후로 떠나지 않고 남아 있어서 모두들 꽤 놀랐다. 처음에는 모두들 그에게 별로 관심을 보이지 않았다. 그도 낮에는 다른 사람들처럼 먹을 것을 찾아 집을 나섰다. 하지만 밤이 되면 언제나 다정한 이 친구들 주위를 맴돌았다. 마침내 그가 대위의 눈에 띄었다.

"젊은이! 도대체 여기서 뭐 하는 거야?"

젊은이가 대담하고도 힘차게 대답했다.

“전 맨발의 방랑자인데요…….”

대위가 비난하듯 그를 바라보았다. 젊은이는 머리가 치렁치렁하고 얼굴은 여렸으며 뺨은 복스럽고 코는 도드라졌다. 허리띠가 없는 푸른 작업복을 입고 머리에는 겨우 형체만 남은 밀짚모자를 쓰고 있었다. 그런데 발에는 아무것도 신고 있지 않았다.

“멍청이 같으니라구!”

아리스티드 포미치가 단호하게 말했다.

“이곳에 붙어살려고 하는 이유가 뭐야? 너 같은 건 우리한테 쓸모가 없어. 보드카 마실 줄 아나? 못 마신다고? 그러면 도둑질은 할 줄 알아?”

다시 한 번 젊은이가 못한다고 대답했다.

“가서 더 배워. 뭔가를 알겠다 싶을 때, 사람이 되었을 때 다시 와.”

젊은이가 미소를 지어 보였다.

“아뇨, 여기서 같이 살래요.”

“왜?”

“왜냐면…….”

“오……메테오르!”

대위가 말했다.

“제가 저놈의 이를 부러뜨려 놓겠어요.”

마르티야노프가 끼어들었다.

“왜요?”

젊은이가 물었다.

“왜냐면…….”

“그러면 난 돌로 당신 머리를 칠 거예요.”

젊은이가 정중하게 말했다.

마르티야노프는 그의 뼈를 부러뜨리고도 남을 사람이었다. 하지만 쿠발다가 그를 말렸다.

“놔둬. 이게 네 집이냐, 아니면 내 집이냐? 넌 저놈의 이를 부러뜨릴 자격이 없어. 저 녀석이나 너나 우리랑 함께 살 이유가 없긴 마찬가지니까.”

“내참 빌어먹을! 세상에 이유가 있어서 사는 사람 있어요? 그냥 사는 거지. 왜냐구요? 그냥요! 저놈도 그냥……관두죠.”

“하지만, 젊은이. 여기서 떠나는 게 좋을 거야.”

선생이 서글픈 눈빛으로 그를 위아래로 훑어보며 충고했다. 젊은이는 대답은 하지 않고 여전히 남아 있었다. 얼마 지나지 않아 모두들 그가 있다는 것에 익숙해져서 아무도 그에게 관심을 두지 않았다. 하지만 그는 그들과 함께 살면서 모든 것을 지켜보았다.

이상이 대위의 무리를 이루는 주요 구성원들이었다. 대위는 이들을 반은 친근한 마음에서, 반은 비꼬는 투로 '한때는 인간이었던 동물들'이라고 불렀다. 이 사람들만큼 숱한 운명의 씁쓸한 장난을 겪은 사람들도 없었지만, 그들은 아직 그렇게 깊은 나락으로 떨어지지는 않았다. 교양 있는 계급의 훌륭한 사람이 농부보다 못한 경우가 드물지 않으며, 도시에서 몰락한 사람이 시골에서 몰락한 사람보다 훨씬 못하다는 것은 언제나 진리였다. 이 점은 왕년에 훌륭한 교육을 받았던 사람과 쿠발다의 은신처에서 살고 있는 농부들을 비교해 보면 금방 알 수 있었다.

대표적인 사람이 탸파라고 하는 늙은 농부였다. 키가 크고 뼈만 앙상한 그는 턱이 가슴에 닿는 자세로 고개를 수그리고 다녔다. 그는 대위의 첫 번째 손님이었는데 사람들은 그가 어딘가에 상당히 많은 돈을 숨겨놓았고 2년 전쯤 그 돈 때문에 목이 잘릴 뻔했다고들 말했다. 그 후로 그는 목을 그렇게 하고 다닌다는 것이었다.

그의 눈 위에는 회색 눈썹이 걸려 있었으나 옆에서 보면 휘어진 코만 보였다. 그의 그림자는 도깨비를 생각나게 했다. 그는 돈이 있다는 것을 부인하며 사람들이 단지 못된

생각으로 자기 목을 베려했고 그날부터 넝마를 줍기 시작
했다고 말했다. 그 때문에 그의 목은 항상 땅바닥을 내려다
보듯 수그리고 있었다. 손에 지팡이도 짚지 않은 채 등에는
직업의 상징인 자루를 메고 머리라도 흔들라치면 그는 미
친 사람처럼 깊은 생각에 잠겨 있는 것 같았다. 그럴 때면
쿠발다가 손가락으로 그를 가리키며 이렇게 말했다.

　"저기 장사꾼 주다스 페투니코프의 양심이 오는군. 달아
난 양심이 얼마나 혼란스럽고 더럽고 비천한지 좀 봐."

　탸파는 대개 거칠고 알아들을 수 없는 목소리로 말했다.
그래서 별로 말이 없고 혼자 있기를 좋아했다. 하지만 낯선
사람이 마을에서 쫓겨나 여인숙에 나타나는 날이면 더욱더
침울해지고 화가 난 듯 보였다. 그리고는 신랄한 야유를 퍼
붓거나 심술궂게 낄낄거리며 그 불행한 사람을 따라다녔
다. 거기다가 그 사람에게 거지를 붙이거나 아니면 자기가
돈을 털거나 때리겠다며 그를 위협했다. 그러면 놀란 농부
는 여인숙에서 사라지고 다시는 모습을 보이지 않았다. 그
때서야 탸파는 다시 조용해져서 한쪽 구석에 앉아 넝마를
손질하거나 성경을 읽었다. 성경도 그 자신처럼 지저분하고
닳아빠지고 오래된 것이었다. 선생이 신문을 사와서 읽기
시작하면 그제야 다시 한 번 구석에서 걸어 나왔다. 탸파는

대개 선생이 읽는 것을 조용히 들으며 가끔씩 한숨을 내쉴 뿐 아무것도 묻지 않았다. 하지만 선생이 신문을 다 읽고 그것을 치우려 하면 뼈만 앙상한 손을 뻗으며 이렇게 말했다.

"저한테 주세요."

"뭐하려고?"

"저한테 주세요. 분명히 저희하고 관련된 내용이 있을 거예요."

"누구 말야?"

"마을에 관해서 말이에요."

모두들 그를 비웃었고 선생은 그에게 신문을 건넸다. 그는 신문을 받아들고 어떤 마을에서는 홍수로 옥수수 밭이 모두 망가지고, 또 어떤 마을에서는 화재로 서른 채의 집이 불탔으며, 또 다른 마음에서는 어떤 여자가 가족들에게 독약을 먹였다는 등의 기사를 읽었다. 사실 모든 것들이 기삿거리로 적당한 이야기들이었는데, 그건 말하자면 불행한 마음의 나쁜 면만을 보여 주는 이야기들이었다. 탸파는 이런 모든 기사를 말없이 읽고는 슬픈 소식에 동정심 때문인지 아니면 희열을 느껴서인지 웃음을 터트렸다.

그는 일요일에는 내내 성경을 읽으며 시간을 보냈다. 일요일에는 절대 넝마를 주우러 나가지 않았다. 성경을 읽으며 끊임없이 신음을 토하거나 한숨을 내쉬었다. 언제나 성경을 가슴에 꼭 안고 있었으며 자신을 방해하거나 성경에 손을 대는 사람에게는 화를 냈다.

"어이, 술 취한 불한당."

쿠발다가 그에게 말했다.

"알고나 읽는 겐가?"

"아뇨, 아무것도 몰라요. 전 책을 읽는 게 아니에요. 제가 읽는 건……."

"그러니까 당신이 바보야."

대위가 단호하게 말했다.

"머릿속에 벌레가 들어가면 불편하지, 그런데 거기에 생각이 들어가면 어떻게 살래, 이 멍청아?"

"오래 살지도 못할 텐데요, 뭐."

탸파가 나지막이 말했다.

언젠가 선생이 어디서 읽는 법을 배웠느냐고 물은 적이 있었다.

"감옥에서요."

탸파가 짧게 말했다.

"감옥에 있었어?"

“그랬어요.”

“뭣 때문에?”

“그냥……실수였어요. 감옥에서 나올 때 성경을 가지고 나왔어요. 어떤 여자분이 저한테 준 거예요. 감옥에 있으니까 쓸모가 있더라구요.”

“그래, 왜지?”

“사람을 가르치거든요. 거기서 읽는 법도 배웠어요. 그리고 이 책도 얻구요. 아시다시피 모든 게 공짜예요.”

선생이 여인숙에 왔을 때도 탸파는 이미 한동안 거기 살고 있었다. 그는 선생이 어떤 종류의 사람인지 알아내기라도 하려는 듯 한참 동안 그의 얼굴을 바라다보았다. 탸파는 때때로 그가 하는 말에 귀를 기울였다. 언젠가는 그의 옆에 앉아서 이렇게 말했다.

“선생님은 정말 유식하세요. 성경은 읽으셨나요?”

“읽었지.”

“알겠어요. 그런데 내용을 기억하세요?”

“그래, 기억할 수 있어.”

그러면 노인은 한쪽으로 몸을 기울이고 심각하고 의심스러운 눈초리로 상대를 바라보았다.

“아말레키테스 사람들이 있었다는 거 기억하시죠?”

"그런데?"

"지금은 그 사람들이 어디 있죠?"

"사라졌어. 다 죽었지."

노인은 잠시 말이 없더니 다시 물었다.

"그렇다면 필리스틴(옛 팔레스타인 남부에 살던 민족이며 유태인의 강적) 사람들은 어디 있죠?"

"그 사람들도."

"이 사람들이 모두 죽었다구요?"

"그렇다면 우리도 모두 죽어 없어질까요?"

"우리도 죽는 때가 올 거야."

선생이 무심하게 말했다.

"그렇다면 우리는 이스라엘의 어느 부족에 속하는 거죠?"

선생이 그를 바라보더니 그에게 스키타이족과 슬라브족(러시아·불가리아의 인종)에 대해 이야기하기 시작했다.

노인은 화들짝 놀라며 그의 얼굴을 바라보았다.

"거짓말하시는군요!"

선생이 말을 마치자 그가 경멸한다는 듯이 말했다.

"내가 무슨 거짓말을 했다고 그래?"

선생이 물었다.

"성경에 나와 있지도 않은 부족을 말씀하셨잖아요."

그는 일어나 가버렸다. 화가 나고 깊은 모멸감을 느낀 것 같았다.

"당신은 곧 미칠 거야, 탸파."

선생이 그의 등 뒤에 대고 확신에 차서 말했다.

그러자 노인은 다시 돌아와 손을 내뻗으며 구부러진 더러운 손가락으로 그를 위협했다.

"신은 아담을 창조하셨어요. 아담에게서 유태인이 태어났구요. 그렇다면 모든 사람이 유태인의 후손일 거예요. 우리도 마찬가지구요."

"그래서?"

"타타르 사람(볼가강 유역에 거주하는 인종)들은 이스마엘(아브라함의 아들)의 후손이면서 유태인의 후손이기도 해요."

"도대체 이런 얘기를 꺼내는 이유가 뭐야?"

"아무 이유도 없어요. 그냥 왜 저한테 거짓말을 하시냐구요?"

그리고는 자리를 떠버려서 상대방을 당황시켰다. 그런데 이틀 후 다시 와서는 그의 옆에 앉았다.

"선생님은 배우신 분이니까, 말씀해 보세요. 우리가 누구의 후손이죠? 우리가 바빌로니아인들인가요, 아니면 누구인가요?"

"우리는 슬라브 사람이야, 탸파."

선생이 이렇게 말하고는 신중하게 그의 대답을 기다리며 그를 이해하려 애썼다.

"성경대로 말씀해 보세요. 성경에는 그런 사람들이 없어요."

그러자 선생이 성경을 비난하기 시작했다. 노인은 가만히 듣고 있더니 한참 지나서 그의 말을 가로막았다.

"잠깐만요, 그만하세요. 그렇다면 신이 알고 있는 사람 중에 러시아인은 없단 말예요? 신이 우리를 모른다구요? 그렇다는 말씀이세요? 신은 성경에 나와 있는 사람들을 모두 알아요. 칼과 불로 그들을 벌하시고, 도시를 멸망케 하셨죠. 또 그들을 가르치려고 선지자들을 보내셨어요. 신은 그 사람들을 불쌍하게도 여기셨던 거예요. 신은 유태인과 타타르인들을 퍼트리셨어요. 그런데 우리는 뭐예요? 왜 더 이상 선지자가 없는 거죠?"

"글쎄, 나도 모르겠는걸!"

선생이 이렇게 대답하며 노인을 이해하려 애썼다. 노인은 선생의 어깨에 손을 얹고서는 느리게 그를 앞뒤로 흔들었다. 그의 목에서는 뭔가를 삼키려는 듯한 소리가 흘러나왔다.

"말씀해 보세요! 선생님은 말씀도 잘 하시잖아요, 세상에 모르는 게 없는 양반처럼. 선생님 말을 듣고 있으면 구역질이 나요. 제 영혼이 어두워져요. 차라리 조용히 계셨으면 좋겠어요. 우리는 도대체 뭐죠, 예? 왜 선지자가 없는 거예요? 왜요, 왜! 예수님이 이 땅 위를 걷고 있을 때 우리는 어디 있었죠? 아시겠어요? 그리고 선생님도 거짓말을 하셨어요. 우리 모두 죽어 없어질 거라고 생각하세요? 러시아 사람들은 절대 사라지지 않을 거예요. 선생님은 거짓말을 하고 있어요. 성경에 그렇게 써 있다구요. 러시아 사람들에게 어떤 이름이 붙여졌는지 그것만 안 나와 있어요. 그 사람들이 어떤 사람들인지 아세요? 사람들은 수도 없이 많아요. 지구상에 얼마나 많은 마을이 있나요? 거기 살고 있는 모든 사람들을 생각해 보세요. 질기고 다양해요. 그런데 그 사람들이 모두 죽어 없어질 거라고 말씀하시는군요. 사람은 죽을지 몰라도 신은 인간을 원해요. 신은 대지 위의 만물을 창조하셨잖아요. 아말레키테스 사람들은 사라지지 않았어요. 독일인이나 프랑스인이 그들이에요. 그런데 선생님은, 선생님은……! 그런데 왜 우리는 신에게 버림받은 거죠? 신은 벌도 안 내리고 선지자고 안 보내시는 건가요? 도대체 누가 우리를 가르치죠?"

타파가 격렬하고도 단호하게 말했다. 그의 말에서는 신념이 배어 나왔다. 그는 한참 동안이나 열변을 토했다. 적당히 취해서 말이 없던 선생은 더 이상 참을 수가 없었다. 그는 메마르고 주름진 노인을 바라보며 그 말들의 거대한 힘을 느꼈다. 갑자기 자신이 불쌍해졌다. 그는 노인에게 뭔가 강렬하고 확신을 주는 말을 해서 자신에게 호감을 가지도록 하고 싶었다. 진지하고 근엄하기보다는 부드럽고 자상한 목소리로 말하고 싶었다. 선생은 가슴을 뚫고 목 위로 뭔가가 솟구치는 것을 느꼈다. 그런데 그는 강렬한 말을 한 마디도 생각해 낼 수가 없었다.

"선생님은 어떤 분이세요? 선생님 영혼은 찢겨진 것 같아요. 그런데도 여전히 말이 많으세요, 뭔가를 아는 것처럼 말예요. 선생님이 조용히 계셨으면 좋겠어요."

"그래, 탸파. 당신 말이 맞아."

선생이 애처롭게 말했다.

"사람들은, 맞아, 수도 없이 많아. 하지만 그들 모두에게 나는 이방인일 뿐이고 그들도 나에게 이방인일 뿐이야. 내 인생의 비극이 뭔지 알아? 제발 날 내버려 둬. 난 벌 받을 거야. 선지자 같은 건 없어. 정말이야. 당신 말이 맞아. 난 너무 말이 많아. 아무한테도 도움이 안 돼. 앞으로는 조용히 하고 있을게. 나한테 이런 얘기만 하지 말아 줘. 노인 양반,

당신은 몰라, 당신은 몰라. 당신은 이해할 수 없어.”

그리고는 결국 선생은 울고 말았다. 그는 걸핏하면 눈물을 떨어뜨렸고 누구의 눈치도 보지 않았다. 그렇게 눈물을 줄줄 흘리고 나면 이내 마음이 누그러졌다.

“시내로 가셔서 점원이나 선생이 되세요. 거기 가시면 더 잘 사실 수 있을 거예요. 뭣 때문에 우시는 거예요?”

탸파가 서글픈 듯 말했다.

하지만 선생은 눈물이 마음을 진정시키기라도 한다는 듯 계속 울었다.

그날 이후 그들은 친구가 되었다. ‘한때는 인간이었던 동물들’ 은 그들이 함께 있는 것을 보고 이렇게 말했다.

“선생이 탸파와 가깝게 지내는 건 돈 때문일 거야. 대위님이 선생 머릿속에 그런 생각을 집어넣었을 거야. 노인의 돈이 어디 있는지 알아보라고 말이야.”

그들은 자신들이 하는 말을 믿지 않았다. 이 사람들에게는 한 가지 이상한 점이 있었는데, 다른 사람들에게 자신의 모습을 실제보다 더 나쁘게 그린다는 점이었다. 내부에 미덕을 가진 사람은 때로 자신의 나쁜 면을 보여 주기를 꺼리지 않았다.

이 사람들이 모두 선생 주위로 모이면 신문 읽기가 시작되었다.

"오늘 신문에 무슨 얘기가 났나요? 문예란이 있어요?"

"없어."

선생이 말했다.

"편집장이 욕심이 많은가 봐요. 사설은 있나요?"

"오늘은 하나 있군. 굴랴예프가 쓴 것 같아."

"아하! 어서 읽어보세요. 그 사람 꽤 잘 쓰던데요."

"토지 건물세는 십오 년 전에 도입되어 현재까지도 시 재정을 위한 세금의 근간이 되고 있다."

선생이 읽기 시작했다.

"그야 뻔하지."

쿠발다 대위가 토를 달았다.

"근간이 되고 있다고? 말도 안 되는 소리야. 시내에서 일을 벌이고 있는 장사꾼들한테는 이 세금이 계속 유지되는 게 이익이겠지. 그러니까 안 없어지고 있어."

"이 사설도 사실 그 문제에 관해 쓴 거야."

선생이 말했다.

"그래? 이상한 일이군. 문예란에 더 어울리는 문제인데."

"그런 문제는 가차 없이 써야 해요."

그리고는 짤막한 토론이 시작되었다. 모두들 주의 깊게

들었다. 보드카 한 병밖에 마시지 않았으므로.

사설 다음에는 지역 소식을 읽고 법정 판결을 읽었다. 즉결 재판소에서 피고 또는 원고가 상인이었다고 하면 아리스티드 쿠발다는 그렇게 기뻐할 수 없었다. 누가 상인을 털었다고 하면 '거 잘된 일이야' 라고 말했고 '그런 푼돈밖에 못 털었다는 게 슬픈 일이야' 라고 덧붙였다. 상인의 말이 쓰러진 경우에는 '슬픈 일이야, 그놈이 아직 살아 있다니' 라고 했으며 상인이 재판에서 졌다면 '안타깝구만, 비용이 두 배는 들었어야 했는데' 라고 논평했다.

"그건 부당해."

선생이 한마디 했다.

"부당하다고! 그렇다면 장사꾼은 합당한가?"

쿠발다가 씁쓸하게 물었다.

"장사꾼이란 게 뭐야? 어디 이 껄끄러운 현상에 대해 논의를 해볼까? 우선 모든 장사꾼은 농부야. 시골에서 올라와 시간이 지나면 이렇게 저렇게 해서 장사꾼이 되지. 장사꾼이 되려면 돈이 있어야 해. 그렇다면 농부가 어디서 돈을 구하겠나? 정직하게 힘들여 노동해서 돈 버는 장사꾼이 없다는 건 다들 알지? 그렇다면 그 농부가 어떤 방법으로든 사기를 쳤단 얘기야. 그러므로 다시 말해 장사꾼은 부정직한 농부인 거지."

"대단하세요!"

사람들이 대위의 연설에 고개를 끄덕이며 환호성을 질렀다. 탸파는 매번 가슴을 쓰다듬으며 울부짖었다. 그는 언제나 첫 술잔을 들이켜고는 두통 때문에 이렇게 울부짖었다. 대위는 기쁨의 미소를 지었다. 다음에는 투고란을 읽었다. 이것을 대위는 '수십 잔의 술'이라고 말하곤 했다. 그는 언제나 장사꾼들이 삶을 혐오스럽게 만들며 그들이 교활하게 모든 것을 망친다고 생각했다. 그의 연설은 상인들에 대한 비난으로 가득 차 있었다. 청중들은 즐거워하며 그의 이야기에 귀를 기울였다. 그가 무시무시한 욕을 해댔기 때문이다.

"내가 썼더라면,"

그가 소리쳤다.

"장사꾼의 진짜 색깔이 무엇인지 확실히 보여 주었을 텐데. 어쩌다 한 번씩 사람 노릇하는 짐승들이라는 걸 보여 줬을 거야. 그럴 수밖에, 얼뜨기 촌놈이 '품위'가 뭔지, '애국심'이 뭔지 어떻게 알겠어. 장사꾼의 지식이란 5코펙어치의 가치도 없어."

대위의 약점을 알고 있으며 다른 사람들을 화나게 하기

좋아하는 아베도크가 약삭빠르게 덧붙였다.

"맞아요. 귀족이 배고픔을 알게 된 후로 지상에는 인간다운 인간이 사라졌지요."

"네 말이 맞다, 이 후레자식아. 그래, 귀족이 망하고부터 인간다운 인간이 없어졌어. 장사꾼들만 득시글거리지. 난 장사꾼들이 싫어."

"이해 못하는 것도 아니에요. 대위님께서도 그 사람들 때문에 여기까지……."

"나? 난 인생을 사랑해서 망한 사람이야. 내가 그렇게 멍청했었다니. 난 인생을 사랑했어. 그런데 장사꾼들이 내 인생을 망쳤어. 난 그걸 견딜 수 없어. 단지 그 이유 때문이야, 내가 귀족이라서가 아니라. 하지만 그렇게 진실을 알고 싶다면, 난 한때 인간이었어. 비록 품위는 없었더라도. 이제 난 아무것에도, 누구에게도 관심이 없어. 내 인생은 온통 단조로움뿐이었어. 인생은 나를 저버린 내 사랑이야! 그래서 난 인생을 혐오해. 그리고 인생에 관심이 없어."

"거짓말 말아요."

아베도크가 말했다.

"거짓말이라구?"

아리스티드 쿠발다가 화가 나서 붉어진 얼굴로 소리쳤다.

"왜 소리를 지르고 그래요?"

마르티야노프의 차갑고 서글픈 목소리가 들려 왔다.

"왜 다른 사람들을 평가하려 드세요? 상인이고 귀족이고, 그 사람들이 우리하고 무슨 상관이에요?"

"이 점을 보면……."

타라스 부제가 말했다.

"가만있게, 아베도크."

선생이 온화하게 말했다.

"왜 저 사람을 건드리나?"

그는 얘기하는 것이나 소란스러움을 좋아하지 않았다. 주변에서 서로들 싸우고 있으면 입술을 굳게 다물었다. 그리고 조용히 합리적으로 서로를 화해시키려고 무진 애를 썼다. 그렇게 하지 못했을 때는 그 자리를 떠났다. 이 점을 알고 있는 대위는 술이 꽤 올라 있지 않는 한 가장 훌륭한 청중인 선생이 자리를 떠나지 않게 하려고 자제력을 발휘했다.

"다시 말하지만,"

그가 좀더 차분한 목소리로 말을 이었다.

"인생은 적의 손에 들려 있어. 품위 있는 자들의 적일 뿐만 아니라 모든 선한 것의 적이며, 탐욕스럽기 짝이 없고 어떤 방식으로도 존재를 아름답게 하지 못하는 적이지.”

“그게 어쨌다는 건가?”

선생이 말했다.

“상인들이 제노바, 베니스, 네덜란드를 세웠어. 모두 상인들이었어, 영국, 인도의 상인들.”

“난 그런 사람들 얘기를 하는 게 아니야. 주다스 페투니코프를 두고 하는 말이지. 그 사람은……”

“그렇다면 자넨 그 사람들과 아무런 상관도 없단 말인가?”

선생이 나지막이 물었다.

“살아 있는 한 안 그럴 수 없겠지. 난 살아 있어. 하지만 이 사람들 때문에 삶이 더렵혀지고 모든 자유가 박탈되었다는 사실에 화를 내서는 안 되겠지.”

“그리고 감히 그 사람들이 은퇴해서 살고 계신 대위님의 정의로운 분노를 비웃는단 말예요?”

아베도크가 놀리듯 말했다.

“맘대로 비웃어. 내가 바보였다는 사실은 인정해. 한때는 인간이었던 동물로서, 한때 내 안에 들어 있던 모든 감정들을 지워 버려야 해. 자네들 말이 옳을 수도 있어. 하지만 나나 또는 자네들 중 누구라도 이런 감정을 모조리 없애버리고서 어떻게 자신을 방어할 수 있겠나?”

"그러니까 감정에 대해서 말하려는 거군."

선생이 고무되어 말했다.

"우리는 인생에서 다른 감정, 다른 견해를 원해. 뭔가 새로운 것을 원한다구. 이 삶에서 바로 우리 자신이 새로운 존재들이기 때문이야."

"확실히 그 점은 우리한테 중요해."

선생이 말했다.

"왜요?"

카네츠가 물었다.

"무슨 말을 하거나 무슨 생각을 하거나 다 마찬가지 아니에요? 우리는 오래 못 살아요. 전 사십이에요. 어떤 사람은 오십이구요. 우리 중에 서른 살 아래인 사람은 없어요. 스무 살이라 하더라도 그렇게 오래 못 살 수 있어요."

"그런데 우리가 어떤 새로운 존재인가요?"

아베도크가 조롱하듯 물었다.

"새로운 탄생은 항상 있어 왔어."

"맞아, 그래서 로마가 세워졌지."

선생이 말했다.

"그래, 물론이야."

대위가 밝게 미소 지으며 말했다.

"로물루스와 레무스(전설상의 로마 건국자) 말이지, 어? 우리도 때가 되면 창조할······."

"다른 사람들의 평화를 깨뜨리면서."

아베도크가 말을 가로챘다. 그는 스스로 만족한 듯 웃음을 터트렸다. 그의 웃음은 무례하고도 뻔뻔스러웠다. 그를 따라서 심초프, 부제, 팔타라 타라스도 웃었다. 젊은 메테오르는 순진하게 눈을 빛내면서 뺨을 붉혔다.

카네츠가 입을 열었다. 그는 마치 망치로 사람들의 머리를 내리치려는 듯 보였다.

"모든 게 바보 같은 환상이에요. 부질없는 짓이에요."

그들이 이렇게 얘기하는 것은 이상해 보였다. 그들은 삶에서 추방당한 사람들, 술과 심술에 절어 있는 사람들, 더럽고 소외된 사람들이었다. 이런 대화는 대위의 마음을 흐뭇하게 했다. 그 기회에 더 많이 말할 수 있었고, 그럼으로 인해 자신이 다른 사람들보다 낫다고 생각할 수 있었기 때문이다. 아무리 깊은 나락으로 떨어지더라도 상대방보다 자신이 더 낫다는 생각, 더 강하다는 생각, 심지어 더 잘 먹는다는 생각이 들 때의 희열은 절대로 거부할 수 없는 것이었다. 아리스티드 쿠발다는 그러한 기쁨을 놓치지 않았으며 그런 기쁨은 아무리 즐기더라도 만족 할 줄 몰랐다. 이 점이 아베도크, 쿠바르, 그 외 다른 '한때는 인간이었던 동물들'을 역겹게 했다. 이들은 그런 것에는 별 관심이 없었기 때문이다.

그런데 정치에만은 모두들 관심이 많았다. 인도를 손에 넣거나 영국을 정복해야 한다는 토론은 길게 이어졌다. 뿐만 아니라 지구상에서 유태인들을 쓸어버릴 수 있는 과격한 방법에 대해서도 그들은 열을 올렸다. 이 문제라면 언제나 아베도크가 앞장서서 목적을 달성할 수 있는 끔찍한 방법들을 제안하곤 했다. 그런데 다른 문제에서라면 빠지지 않고 목청을 높이는 대위가 이 문제만은 끼어들려고 하지 않았다. 그들은 또한 여자들에 관해서도 많은 말들을 거침없이 해댔다. 하지만 선생은 항상 여자들 편을 들었고 그들이 도에 지나치게 심한 말을 할 때는 굉장히 화를 냈다. 대개는 모두 그에게 손을 들었다. 그를 평범한 사람으로 보지 않았으며 또 토요일이 되었을 때 그가 주중에 번 돈을 꿨으면 하고 바랐기 때문이었다. 그에게는 여러 가지 특권이 있었다. 예를 들면 이야기가 결국에는 난투극으로 끝날 경우에도 그는 얻어맞지 않았다. 그는 여인숙에 여자를 데려올 수도 있었다. 다른 사람에게는 주어지지 않는 특권이었다. 대위가 전에 그들에게 엄포를 놓았던 것이다.

“여자는 절대 내 집에 데려올 수 없어.”

그가 말했다.

“여자, 장사꾼, 철학자. 이 세 사람이 내 인생을 망쳤어. 여자를 데려오는 사람한테는 채찍질을 할 거야. 여자한테도 채찍질을 할 거야. 그리고 철학자는 목을 부러뜨릴 거야.”

나이에도 불구하고 그는 누구의 목이라도 충분히 부러뜨리고도 남을 사람이었다. 힘이 놀랄 만큼 셌기 때문이다. 거기에다 그가 싸우거나 다툴 때는 마르티야노프가 그를 거들었다. 마르티야노프는 잡다한 싸움에서 말없이 쿠발다와 등을 맞대고 서서는 모든 것을 박살냈고 절대 무너지지 않는 투사가 되곤 했다. 언젠가 심초프가 술에 취해서 아무 이유도 없이 다짜고짜 선생에게 달려들더니 그의 머리카락을 한 움큼 쥐어뜯었다. 쿠발다가 상대방의 가슴에 주먹 한 방을 날리자 그는 빙글빙글 돌면서 땅바닥에 쓰러져 버렸다. 그는 반시간 동안이나 정신을 못 차렸다. 정신이 들자 쿠발다는 선생의 머리에서 쥐어뜯은 머리카락을 그에게 억지로 먹게 만들었다. 그는 차라리 죽도록 얻어맞는 게 더 낫겠다고 생각하며 그것을 먹었다.

신문을 읽거나 싸움질을 하거나 이런 저런 얘기를 나누지 않을 때 그들은 카드놀이를 하며 여흥을 즐겼다. 그들은 마르티야노프하고는 카드를 하지 않았는데 그가 항상 속임수를 썼기 때문이었다. 몇 번 속임수를 쓰더니 그가 아예 공개적으로 자백했다.

"난 속임수를 안 쓰고는 카드 못 해. 그게 내 습관이야."

"습관이 널 잡아먹을 거야."

타라스 부제가 말했다.

"난 일요일만 되면 미사를 마치고 여편네를 때리곤 했거든. 그 여자가 죽자 일요일마다 얼마나 심심했는지 몰라. 첫 번째 일요일은 겨우겨우 보냈어. 아주 끔찍했지. 두 번째 일요일에도 잘 참았어. 세 번째 일요일엔 하녀를 때렸지. 그랬더니 화가 나서 날 고소하겠다고 협박하더군. 만약 그랬더라면 어떻게 됐겠어! 네 번째 일요일엔 그 여자가 마치 여편네인 것처럼 때렸어. 그 후로는 그 여자한테 10루블을 주고 내 맘대로 때렸지, 다시 결혼할 때까지!"

"거짓말이지, 부제! 어떻게 두 번씩이나 결혼한단 말이야?"

아베도크가 끼어들었다.

"어, 그렇게 됐어. 그 여자가 집안일을 돌봤지."

"아이가 있었나?"

선생이 물었다.

"다섯 명 있었어요. 하나는 물에 빠져 죽었죠. 제일 큰놈이요. 정말 놀라운 아이였어요. 두 놈은 디프테리아에 걸려 죽었어요. 딸 하나는 학생과 결혼해서 시베리아로 갔어요. 다른 하나는 상트페테르부르크 대학에 들어갔는데 거기서 죽었다고들 그래요. 그래요. 맞아요, 다섯 명이 있었어요. 아시다시피 성직자들은 애를 많이 낳거든요.”

그는 왜 그런지 얘기하기 시작했다. 그의 얘기에 모두들 웃음을 터트렸다. 웃음이 잦아들자 알렉세이 막시모비치 심초프가 한때 자신에게도 딸이 있었다는 생각이 떠올랐다.

“그 애 이름은 리드카였어. 정말 튼튼한 애였는데…….”

그 이상은 기억하지 못하는 것 같았다. 그는 모두를 둘러보더니 잘못을 저지른 사람처럼 말없이 웃음을 지어 보였다. 그들은 과거에 대해서는 서로 말을 별로 하지 않았다. 과거를 회상하는 일이 별로 없었으며 회상한다 하더라도 어렴풋이만 기억하고 있었다. 말을 하더라도 빈정거리는 투였다. 이것은 어쩌면 당연한 일인지도 몰랐다. 많은 이들에게 과거의 기억은 현재의 모든 의욕을 불살라 버리고 미래에 대한 희망까지 몰살시키는 것이기에.

비가 내려 차갑고 지루한 늦가을 어느 날 '한때는 인간이 었던 동물들' 이 바빌로비치의 음식점에 모였다. 거기서 그들은 유명했다. 어떤 사람들은 지독한 주정뱅이들이라고 경멸하는 눈빛으로 바라보았다. 그럼에도 불구하고 사람들은 그들을 존경했다. 사람들은 그들이 현명하다고 생각했다.

바빌로비치의 음식점은 큰 길가의 술집이었다. '한때는 인간이었던 동물들'이 가장 지적인 손님들이었다. '한때는 인간이었던 동물들'은 더할 나위 없이 환영받았다. 그들은 버림받고 굶주림에 지친 거리의 주민들뿐만 아니라, 정신까지 달고 들어왔기 때문이었다. 그 정신 속에는 쿠발다의 은신처에 머물고 있는 사람들처럼 대단한 술꾼인데다 그들처럼 시내에서 추방된, 생존을 위한 싸움에 지칠 대로 지친 사람들의 삶을 밝혀 주는 뭔가가 있었다. 그들은 어떤 화제에 대해서나 말했고, 생각하는 바를 거리낌 없이 펼쳐놓았으며, 이 거리의 모든 사람들이 두려워하는 사람 앞에서도 주눅 들지 않고 당당했으므로 다른 사람들에게는 그렇게 유쾌한 존재들일 수가 없었다. 더욱이 그들은 법률에도 정통해서 조언을 하거나 진정서를 작성해 주거나 처벌받지 않고 사기 치는 법을 가르쳐 주곤 했다. 그럴 때마다 그들은 보드카를 대접받거나 재주가 놀랍다는 칭찬을 들었다.

이 거리 사람들은 각각의 판단에 따라 두 패로 나뉘어 있었다. 한 패는 쿠발다를 좋아하는 사람들로 그를 '훌륭한 군인이자 명석하고 용감한 사람'으로 생각했다. 다른 한 패는 선생이 쿠발다보다 낫다고 굳게 믿고 있었다. 쿠발다를 좋아하는 사람들은 주정뱅이, 도둑, 살인자들로 알려진 사람들이었다. 그들이 거지로 떠돌다 감옥으로 향할 것이라는 건 눈에 보듯 뻔했다. 이와 달리 선생을 존경하는 사람들은 여전히 기대를 버리지 못하고 더 나은 것을 바라는 사람들이었다. 그들은 평생 직업이라고는 갖지 않았고 언제나 배가 고팠다.

거리 사람들과 관련해서 선생과 쿠발다가 어떤 관계인지는 다음과 같은 일화에서 잘 알 수 있었다.

어느 날인가 음식점에서 도로 문제에 대해 시 의회가 내린 판결을 놓고 토론이 벌어졌다. 그 판결이란, 주민들이 도로의 웅덩이와 도랑을 메워야 하는데 이때 퇴비나 가축의 시체는 이용할 수 없고 허물어진 가옥 등에서 나온 깨진 타일 등만 이용해야 한다는 것이었다.

"어디서 그런 깨진 타일이나 벽돌을 구한단 말이야? 닭장 지을 벽돌도 찾을 수 없는데."

아내가 구운 칼라체스(일종의 흰 빵)를 거리에 내다파는 모케이 아니시모프가 호소하듯 말했다.

"어디서 부서진 타일과 횟가루를 얻을 수 있냐고? 자루를 메고 가서 시 의회 건물을 뜯어내면 되지. 너무 오래 돼서 아무한테도 쓸모없잖아. 그러니까 그렇게 하면 두 가지 좋은 일을 하는 거야. 첫째 도로를 메울 수 있고, 둘째 새로운 시 의회 건물로 도시를 한결 아름답게 꾸밀 수 있잖아."

"시장한테 가서 그런 것을 얻어올 때 말을 가지고 갈 거라면 그의 세 딸도 데리고 와. 마구로 잘 어울릴 테니까. 그 다음에는 주다스 페투니코프네 집을 부수는 거야. 그 집에서 나온 통나무로 도로를 깔 수 있을 거야. 그런데 모케이, 난 자네 마누라가 오늘 뭘로 칼라체스를 구웠는지 알고 있어. 주다스네 집 지붕의 세 번째 창문 창틀과 계단 두 개로 구웠잖나."

대위의 말에 거기 모였던 사람들이 한동안 웃음을 터트리며 농담을 했다. 그때 술에 취하지 않은 과수원 주인 파블류구스가 물었다.

"그런데 정말 우리는 어떻게 해야죠, 대위님? 예? 어떻게 생각하세요?"

"어떻게 생각 하냐고? 나라면 꼼짝달싹 안 하겠네. 도로를 단장하고 싶다면 자기들이 하라고 해."

"어떤 집은 곧 무너지게 생겼어요."

"그러면 무너지라고 해. 끼어들지 말라구. 집이 무너지면

시에 도와 달라고 해. 만약 시가 도와주지 않으면 시를 고
발해 버려. 물이 어디서 흘러온 거야. 시내에서 온 거라구!
그러니까 시가 책임이고 집을 철거해야지."

"시에서는 빗물이라고 그럴 텐데요."

"빗물이 시내 집들을 못 쓰게 만들었나? 그래? 시는 자
네들한테서 꼬박꼬박 세금을 받아가면서 말은 못하게 하
지. 그들이 자네들 재산을 못 쓰게 만들어 놓고는 자네들더
러 수리하라고 강요하고 있어."

그러자 거리의 급진주의자들은 쿠발다의 말에 설득되어
빗물이 거세게 흘러 내려와 집들을 쓸어가 버릴 때까지 기
다리기로 했다. 좀더 지각 있는 다른 한 패의 사람들은 그
들을 위해 시에 제출할 진정서를 능숙하고 설득력 있게 작
성해 줄 선생을 찾았다. 그 진정서에는 사람들이 왜 시 의
회의 판결에 따를 수 없는지가 잘 설명되어 있어서 시 의회
가 그 진정서를 접수하기에 이르렀다. 건물을 수리하고 남
은 쓰레기로 도로의 웅덩이를 메우고 보수하며 이를 운반
하기 위해 소방대가 말 다섯 필을 제공하기로 결정되었다.
이와 함께 그들은 도로에 하수관을 놓아야 할 필요가 있다
고 생각했다. 이 일뿐만 아니라 여러 가지 일로 인해서 선
생의 인기가 높아졌다. 그는 사람들을 대신해서 진정서를

작성하고 신문에 다양한 의견을 투고했다. 예를 들어 언젠가는 바빌로비치의 한 손님이 그 집에서 나오는 청어와 다른 음식 재료들이 정상이 아님을 발견했다. 그리고 하룬가이틀이 지나서 그들은 바빌로비치가 손에 신문을 들고 카운터에 서서 공개적으로 사과하는 모습을 볼 수 있었다.

"맞아요. 오래 돼서 좋지 않은 청어를 산 게 사실이에요. 양배추도 싱싱하지 않았어요. 이런 방법으로 5코펙씩이나 절약할 수 있다는 건 알만 한 사람은 다 알아요. 그런데 결과적으로 어떻냐구요? 별로 성공적이지 않았어요. 제가 욕심이 많았어요. 인정할게요. 현명하신 분이 제 가면을 벗겨 주셨어요. 그러니 이제 다시는……."

이런 고백은 사람들을 꽤나 감동시켰다. 뿐만 아니라 바빌로비치는 여전히 그들에게 별로 싱싱하지 않은 청어와 양배추로 만든 음식을 계속 먹일 수 있었다. 그래도 그들은 눈치 채지 못했다. 그만큼 그들은 감동받았던 것이다.

이 사건은 매우 의미 있는 일이었다. 선생의 인기를 높여 주었을 뿐만 아니라 여론이 어떤 것인지 보여 주었기 때문이다.

또 어떤 때는 술집에서 선생이 실제적인 도덕에 관해 설교하기도 했다.

"언젠가,"

그가 화가인 야쉬카 타린에게 말했다.

"자네가 마누라를 때리는 것을 봤네, 야쉬카."

야쉬카는 보드카 두 잔을 마시고 술기운이 올라서 다소 흥분해 있던 상태였다.

사람들이 그를 바라보며 그가 난동 부리기를 은근히 기대했다. 모두들 말이 없었다.

"저를 보셨다구요? 그래, 기분이 좋으시던가요?"

야쉬카가 말했다.

"아니, 기분이 안 좋았네."

선생이 대답했다. 그의 목소리가 너무나 진지해서 사람들이 조용해졌다.

"그냥 한 번 시험해 봤어요."

야쉬카는 선생이 자신을 꾸짖지나 않을까 두려워하면서도 허세를 부리며 말했다.

멍하니 손가락으로 탁자 위에 그림을 그리고 있던 선생이 말했다.

"여보게, 야쉬카. 왜 내가 기분이 안 좋았는지 아나? 문제를 좀 진지하게 따져 보세. 자네가 무슨 짓을 하고 있는지, 결과적으로 무슨 일이 벌어질지 생각해 보세. 자네 부인은

홀몸이 아니야. 그런데 자네는 어젯밤 자네 부인의 옆구리
와 가슴을 걷어찼어. 그건 자네 부인뿐 아니라 아이까지 때
리는 짓이야. 아이가 사산되거나, 자네 부인이 죽거나 크게
다쳤을 수도 있네. 병든 부인을 돌보는 일은 썩 유쾌하지
않아. 몸은 몸대로 피곤하고 돈은 돈대로 들 거야. 병에는
약을 써야 하고 약을 사려면 돈이 있어야 하니까. 사산되지
않았다면 아이가 불구가 됐을 수도 있어. 허리가 휘거나 등
이 굽은 비정상적인 아이가 태어날 수 있다구. 그러면 그
아이는 일을 못 해. 자네한테는 아이가 훌륭한 일꾼으로 자
라는 게 무엇보다도 중요하잖아. 병약한 아이로 태어나도
나쁘기는 마찬가지야. 어머니를 죽도록 고생시키고 약을
먹어야 할 테니까. 그러니 자네가 지금 무슨 짓을 하고 있
는지 알겠나? 노동으로 먹고 사는 사람은 제 몸도 튼튼하고
건강해야 쓰지만 아이들도 튼튼하고 건강해야 해. 내 말이
틀렸나?"

"맞습니다."

듣고 있던 사람들이 맞장구를 쳤다.

"하지만 그런 일은 없을 거예요."

야쉬카가 말했다. 그는 선생이 그에게 펼쳐 보이는 앞날
에 저으기 겁먹은 듯 보였다.

"마누라는 건강해요. 아이가 어떻게 될 리 없어요. 제 마누라는 나쁜 년이에요, 마녀라구요."

그가 화가 나서 소리쳤다.

"그 여자가 절 잡아먹을 거예요, 녹이 쇠를 갉아먹듯."

"그러니까 야쉬카, 어쩔 수 없이 부인을 때리게 되나 보군."

선생의 애처롭고 사려 깊은 목소리가 이어졌다.

"부인을 때리는 데는 여러 가지 이유가 있겠지. 부인의 성격이 자네를 자극해서 그렇게 심하게 때릴 수도 있어. 하지만 자네의 어둡고 슬픈 인생을 생각하면……."

"선생님 말씀이 맞아요."

야쉬카가 큰 소리로 말했다.

"우리는 어둠 속에서 살아요. 굴뚝 안으로 들어간 굴뚝 청소부처럼."

"자넨 자네 인생에 화가 나 있어. 하지만 자네 부인은 약자야. 자네하고 가장 가까운 사람인 아내를, 그런 아내를 자넨 괴롭히고 있어. 단순히 자네가 더 힘이 세다는 이유만으로. 자네 부인은 언제나 자네 곁에 있을 거야. 자넬 버릴 수 없어. 자네가 얼마나 어리석은지 알겠나?"

"맞아요. 빌어먹을! 그럼 전 어떻게 하죠? 전 사내가 아닌가요?"

"아냐, 사내야. 다만 내가 하고 싶은 말은, 정 아내를 때려야 할 때는 조심스럽게 때리라는 거야. 그리고 아내나 아이를 다치게 할 수 있다는 점을 잊지 말란 말야. 임신한 여자의 배나 옆구리, 가슴을 때리는 건 좋지 않아. 그런 데 말고 목 같은 데를 때리게. 아니면 끈으로 좀더 부드러운 곳을 때리던지."

연사는 연설을 마치고 어둡고 애처로운 눈빛으로 청중들을 둘러보았다. 마치 알려지지 않은 죄에 대해 용서를 구하는 듯 보였다.

그들은 그것을 이해했다. 그들은 한때 인간이었던 동물의 규칙을, 술집과 계속된 불행의 규칙을 이해했다.

"야쉬카 무슨 말인지 알겠나? 구구절절이 옳은 말씀일세!"

야쉬카는 아내를 심하게 때리면 아내가 다칠 수 있다는 것을 깨달았다. 그는 잠시 말이 없더니 동료의 농담에 혼란스러운 미소를 지어 보이는 것으로 응답했다.

"그렇다면 마누라란 뭔가요?"

빵을 굽는 모케이 아니시모프가 철학적으로 나왔다.

"마누라는 친구예요. 문제를 그런 식으로 바라본다면 말이죠. 마누라는 사슬이에요, 평생 우리한테 감겨 있는 사슬. 마누라들이나 우리들이나 노예이기는 마찬가지예요.

마누라한테서 도망치려고 해도 도망칠 수 없어요, 쇠사슬
만 느껴질 뿐……."

"잠깐만."

야쉬카가 말했다.

"하지만 자네도 마누라를 때리잖아."

"내가 언제 안 때린다고 했나? 그것처럼 편리한 방법도
없어. 자네는 내가 인내심이 바닥났을 때 주먹으로 벽을 칠
거라고 생각하나?"

"내 말이 그 말이야."

야쉬카가 말했다.

"우리 인생은 얼마나 고단하고 힘든가요, 형제들이여! 우
리한테는 어디에도 안식처가 없어요."

"실수로 마누라를 때릴 때도 있잖아."

누군가 장난스럽게 말했다. 그래서 그들은 밤이 깊도록,
아니면 술이나 그런 얘기로 인한 열정의 당연한 결과로 다
툼이 일어날 때까지 이야기를 계속했다.

빗방울이 창문을 때리고 바깥에서는 차가운 바람이 불었
다. 술집은 담배 연기로 가득 찼지만 따뜻했다. 거리는 차
갑고 축축했다. 가끔씩 바람이 술집의 창문을 무섭게 두드
렸다. 마치 이 사람들에게 밖으로 나와 땅 위의 먼지처럼

흩어지라고 명령하는 것 같았다. 때로는 울부짖는 바람 소리 속에서 억눌린 듯한 가느다란 신음 소리가 들려 왔으나 이내 차갑고 잔인한 웃음 소리에 묻혀 버렸다. 이러한 음악 소리에 어떤 사람은 저주 받을 만큼 짧고 흐린 낮과 긴 밤의 겨울이 다가오고 있다는 슬픈 생각을 했고, 어떤 사람은 따뜻한 옷과 충분한 음식을 준비해야겠다는 생각을 했다. 굶주린 배를 움켜쥐고 긴긴 겨울밤을 나기란 쉽지 않았다. 겨울이 오고 있었다. 그랬다, 겨울이 다가 오고 있었다. 어떻게 살까?

우울하고 불길한 예감에 이 거리의 사람들은 심한 갈증을 느꼈다. 이마 위의 주름살과 함께 '한때는 인간이었던 동물들'의 한숨도 깊어만 갔다. 목소리는 둔탁해지고, 서로들 더 난폭하게 굴었다. 그리고 그들 사이에 잔인한 죄가 저질러졌다. 냉혹한 그 적이 다가올수록 가난하고 불행한 부랑자들은 점점 더 거칠어질 수밖에 없었다. 이 적은 그들 모두의 삶을 한 편의 잔인한 어릿광대 극으로 바꾸었다. 하지만 그 적은 눈에 보이지 않아서 붙잡을 수도 없었다.

그러면 그들은 난폭하게 서로를 패고 인심 좋은 바빌로비치에게 더 이상 잡힐 것이 없을 때까지 술을 마셨다. 이렇게 그들은 내놓고 거칠게 굴며 가을을 보냈다. 심장을 갉아먹는 고통을 느끼며, 악의적인 인생의 손아귀에서 벗어나지 못한 채 더 잔인한 겨울날을 두려워하였다.

이럴 때는 쿠발다가 그들을 위로하려고 철학을 꺼내들었다.

"다들 정신 차리게, 형제들. 모든 것에는 끝이 있는 법이니까. 그게 바로 인생이라는 거거든. 겨울이 지나면 여름이 올 거야. 그 황홀한 시간이 다가오면 참새들이 기쁨에 겨워 짹짹거릴 거야."

하지만 이런 얘기도 소용없었다. 아무리 신선하고 맑은 물을 배불리 마신다 해도 배고픈 사람의 배가 채워지지는 않는 것이었다.

타라스 부제도 노래를 부르거나 자기가 꾸며낸 얘기를 해서 사람들을 즐겁게 하려 했다.

그는 좀더 성공적이었다. 때때로 그의 노력은 술집에서 진탕 마시는 것으로 끝이 났다. 그들은 노래를 부르고 춤을 추며 몇 시간이고 미친 사람처럼 굴었다. 그리고 또다시 절망적인 기분에 빠져들어 등불의 연기가 검게 피어오르는 술집 탁자에 앉아 있었다. 그들은 갈가리 찢긴 서글픈 심정으로 서로 나른하게 이야기를 주고받으며 바람이 거칠게 울어대는 소리를 들었다. 그리고 어떻게 하면 정신이 나가도록 보드카를 마실 수 있을까 생각했다.

그리고 그들의 손이 아무에게나 날아갔고 아무나의 손이
그들에게로 날아왔다.

세상의 모든 것은 상대적이어서 최악의 상태가 되지는 않았다. 9월이 끝나 가는 어느 날, 아리스티드 쿠발다 대위는 평소 습관대로 여인숙의 문 옆에 있는 의자에 앉아 상인인 페투니코프가 바빌로비치네 음식점 가까이 지어놓은 석조 건물을 바라보고 있었다. 그리고는 깊은 생각에 빠져들었다. 한쪽이 둘러싸여 있는 그 건물은 양초 공장으로 쓸 예정이었다.

마치 피를 뒤집어쓴 것처럼 붉은 칠을 한 그 건물은, 작동되지 않을 때도 굶주림에 겨운 음습한 큰 입을 벌리고 서 있는 무자비한 기계처럼 보였고 금방이라도 모든 것을 집어삼킬 것만 같았다. 잿빛의 목조 건물인 바빌로비치네 음식점은 판자 조각으로 이은 지붕이 휘어진 채 공장의 한쪽 벽돌담에 기대어 있었다. 마치 그 공장에 달라붙어 있는 거대한 기생충 같았다. 조만간 사람들이 헌 집을 헐어내고 새 집을 지을 거라고 대위는 생각했다.

"여인숙도 헐리게 될 거야."

그는 생각했다.

"다른 곳을 알아봐야 할 텐데. 이렇게 싼 집을 어디서 찾는 담. 정든 곳을 떠나야만 하다니 정말 슬픈 일이야. 하지만 떠나야만 해. 단지 어떤 장사꾼이 양초나 비누를 만들 생각이기 때문에."

그리고 대위는 그러한 원수의 인생을 잠시나마 괴롭게 만들 수 있다면 자신은 정말 신이 나서 그 일을 할 것이라고 생각했다.

어제 페투니코프가 아들과 설계사를 대동하고 여인숙 뜰에 모습을 나타냈다. 그들은 뜰을 측량하고 여기저기에 작은 말뚝을 꽂았다. 페투니코프가 사라지자 대위가 시키는 대로 메테오르가 그 말뚝들을 뽑아서 멀리 던져 버렸다. 대위의 눈에 이 장사꾼은 왜소하고 약해 보였다. 그는 예복과

같은 긴 외투를 걸치고 공단 모자를 쓰고 잘 닦인 굽 높은 구두를 신고 있었으며 뺨은 도톰하고 갸름한 얼굴에 쐐기 모양의 회색 수염을 달고 있었다. 넓은 이마에는 주름이 졌으며 그 밑으로는 가늘게 반짝이며 무엇 하나 놓치지 않으려는 듯한 두 개의 눈이 빛났다. 코는 날카로워서 음산해 보이며 입은 작고 가늘었다. 한마디로 위선적이고 탐욕스러우며 교활해 보이는 인상이었다.

"가증스러운 잡종 돼지새끼 같으니."

대위가 낮은 목소리로 욕하며 처음으로 페투니코프를 만났던 때를 떠올렸다. 그 상인은 집을 사려고 시 의원과 함께 와서 대위를 보고는 같이 온 사람에게 이렇게 말했다.

"이 사람이 세든 사람인가요?"

1년 반 전인 그날 이후 여인숙 사람들에게는 그 장사꾼에게 누가 더 심한 욕을 하느냐를 두고 치열한 경쟁이 벌어졌다. 그리고 어젯밤에는, 대위의 말에 따르자면, 페투니코프와 그 자신 사이에 '일종의 전초전으로서 격렬한 얘기'가 오고갔다고 한다. 설계사를 보내고 상인이 대위에게 다가왔다.

"무슨 생각을 그렇게 하세요?"

그가 모자로 손을 올리며 물었다. 모자를 고쳐 쓰려는 것 같기도 하고 인사를 하는 것 같기도 했다.

"뭘 그리 재는 거요?"

대위가 같은 말투로 대꾸했다. 그가 턱을 움직이자 턱수염이 조금 떨렸다. 꼼꼼하지 않은 사람은 그것이 인사였다고 생각할 수도 있으리라. 그렇지 않다면 대위가 이쪽 입가에서 다른 쪽 입가로 파이프를 옮기고 싶어 했다는 표시일 수도 있다.

"돈이 많으니까 이렇게 앉아서 생각할 수도 있는 거요. 돈이란 좋은 거지. 나도 돈이 있소."

대위가 이렇게 상인을 조롱하며 심술궂은 눈빛을 던졌다.

"그런데 사람이 돈을 모신다니까, 돈이 사람을 모시는 게 아니라."

쿠발다가 계속 말했다. 이렇게 말하며 그는 장사꾼의 배를 향해 주먹을 날리고픈 기분이 들었다.

"그게 그거 아닌가요? 돈이 안락한 인생을 보장하죠. 그런데 돈이 없으면……."

상인이 짐짓 괴로운 표정을 지으며 대위를 바라보았다. 대위의 윗입술이 뒤틀리면서 짐승처럼 커다란 이가 드러났다.

"똑똑하고 양심적인 사람은 돈 없이도 살 수 있소. 사람은

양심에 귀 기울이기를 포기했을 때만 부자가 될 수 있는 거
요. 비양심적일수록 돈은 더 많은 법이지!"

"맞아요. 그런데 사람들 중에는 돈도 없고 양심도 없는
사람들이 있거든요."

"젊었을 때도 지금 같았소?"

쿠발다가 짧게 물었다. 상대방의 콧구멍이 씰룩씰룩 움
직였다. 페투니코프가 손을 눈 위로 가져가며 말했다.

"아! 젊었을 때는 무척 고생을 했어요. 일하고 일하고 또
일했죠."

"그리고 사기도 치셨겠지? 내 생각이지만."

"당신 같은 사람들한테? 지체 높으신 분들에게? 그렇다
고 봐야죠! 그런 사람들이 내 발밑에 넙죽 엎드리곤 했으니
까."

"사기만 쳤소? 살인은 안 했겠지?"

대위가 물었다. 페투니코프는 얼굴이 하얗게 질리더니
얼른 화재를 돌렸다.

"당신은 정말 못된 주인이요. 손님이 이렇게 서 있는데
앉아 있다니."

"같이 앉으면 될 거 아니오?"

쿠발다가 말했다.

"어디 앉으란 말이죠?"

"땅바닥에, 아무 쓰레기 위에나……."

"당신이야말로 쓰레기 같은 사람이야."

페투니코프가 나지막이 말했다. 그의 눈이 불쾌한 눈빛으로 쏘아보았다.

그리고 그는 돌아서 갔다. 상인이 자신을 두려워하고 있다고 느낀 쿠발다는 기분이 좋았다. 만약 상인이 대위를 두려워하지 않았다면 진작 그를 여인숙에서 쫓아냈을 것이다. 하지만 그렇더라도 그를 쫓아내기 전에 다시 한 번 생각했을 것이다. 다달이 받는 5루블 때문에. 대위는 천천히 뜰을 걸어 나가고 있는 페투니코프의 등을 유쾌하게 바라보았다. 눈으로 그를 뒤쫓으며 상인이 공장을 지나 숲속으로 사라지는 것을 바라보았다. 상인은 거미가 거미집으로 기어가는 것처럼 언덕을 내려가서 숲으로 들어갔다. 밤에는 장사꾼 앞에서 숲이 무너지며 그가 쓰러지는 장면을 떠올려 보기도 했다. 하지만 그것은 단지 꿈일 뿐이었다.

오늘도 여전히 붉은 건물이 아리스티드 쿠발다의 눈앞에 버티고 서 있었다. 너무나 볼품없고 육중한 그 건물은 땅바닥에 착 달라붙어 모든 생명력을 빨아들이고 있는 듯 보였다. 입을 크게 벌린 담벼락이 대위를 차갑게 비웃는 것 같

았다. 태양빛은 길가의 오두막들과 마찬가지로 그 건물에
도 자비롭게 내리비치고 있었다.

"빌어먹을 세상!"

대위는 이렇게 외치며 눈으로 공장 담을 찬찬히 재어 보
았다.

"만약……."

방금 떠오른 생각에 흥분하여 몸을 떨며 아리스티드 쿠
발다는 벌떡 일어섰다. 그리고는 잠시도 쉬지 않고 혼잣말
로 중얼 거리면서 바빌로비치네 음식점으로 달려갔다.

바빌로비치가 카운터에서 그를 맞으며 정답게 인사했다.

"대위님, 여전히 건강하시죠?"

그는 중간 키에 머리가 벗겨지고 흰 머리카락에다 수염
은 칫솔처럼 뻣뻣했다. 꼿꼿하고 단정하게 깨끗한 옷을 걸
치고 있는 그는 한눈에 늙은 군인임을 알 수 있었다.

"예고르, 이 집 계약서하고 설계도 좀 보여 주게."

쿠발다가 다짜고짜 다그쳤다.

"전에 보여 드렸잖아요."

바빌로비치가 의심스러운 눈초리로 고개를 들더니 대위
의 얼굴을 찬찬히 뜯어보았다.

"좀 보여 달라니까."

대위가 주먹으로 카운터를 내리치며 소리쳤다. 그리고 옆에 있던 의자에 앉았다.

"왜요?"

바빌로비치가 물었다. 쿠발다가 흥분했을 때는 그를 자극하지 않아야 한다는 것을 잘 알고 있었다.

"답답하기는! 당장 가져오라니까."

바빌로비치가 이마를 문지르고는 귀찮다는 듯 천장으로 눈길을 돌렸다.

"그 서류들 어디 있어?"

이 말에 천장에서는 아무 대꾸도 없었다. 늙은 하사는 마룻바닥을 내려다보더니 근심스럽게 생각에 잠겨 손가락으로 카운터를 두드렸다.

"얼굴 찌푸려 봤자 소용없어."

대위가 소리쳤다. 그는 이 남자를 별로 좋아하지 않았다. 왕년에 군인이었던 사람은 음식점 주인이 되느니 차라리 도둑이 되는 게 낫다고 생각했던 것이다.

"아, 맞아요! 아리스티드 포미치, 이제야 기억나요. 이 집을 살 때 법원에 맡겨 두었어요."

"가서 가져오게나, 예고르. 다 자네를 위해서야. 설계도든 등기든 있는 대로 가져와 봐. 적어도 백 루블 이상은 너끈히

벌 수 있는 일이라니까. 알겠나?”

바빌로비치는 도무지 영문을 알 수 없었다. 하지만 대위가 너무나 진지하고 자신에 찬 목소리로 말했기 때문에 그의 눈이 호기심으로 빛났다. 그는 자신의 책상에 그 서류들이 있는지 알아보겠다며 카운터 뒤의 문으로 들어갔다. 2분쯤 지나서 그는 손에 서류들을 들고 돌아왔다. 얼굴에는 굉장히 놀랐다는 듯한 표정을 짓고 있었다.

“여기 있어요. 빌어먹을 이 집 등기예요.”

“아! 자네…… 이 불한당! 그러고도 왕년에 군인이었다고 나불대다니!”

쿠발다가 멈추지도 않고 연신 그를 나무라며 그의 손에서 푸른색 꾸러미를 낚아챘다. 그리고는 서류들을 펼쳐놓고 바빌로비치가 영문을 몰라 하는 것에 더더욱 신이 나서 서류들을 큰 소리로 읽어나갔다. 마침내 그는 결연히 일어서더니 서류들을 온통 카운터 위에 늘어놓은 채 문을 향해 걸었다. 그리고 바빌로비치에게 말했다.

“잠깐만! 서류들을 가만히 놔둬.”

바빌로비치는 서류들을 모아 금고에 넣고 금고의 열쇠를 잠갔다. 그는 금고가 안전하다는 것을 확인하려는 듯 손으로 열쇠를 어루만졌다. 그리고는 대머리를 쓰다듬으며 생각에 잠겨 지붕 위로 올라갔다. 거기서 그는 집 앞 마당을 재고 있는 대위를 발견했다. 그는 대위를 걱정스럽게 바라보았다. 대위는 손가락으로 딱딱 소리를 내면서 같은 선을 다시 재었다. 바빌로비치가 갑자기 얼굴이 환해지면서 행복하게 미소 지었다.

"아리스티드 포미치, 그게 가능할까요?"

그가 소리쳤다. 대위가 그의 반대편에서 걸어왔다.

"물론 가능하지. 가로 길이만도 한참이나 모자라. 세로 길이는 어떤지 빨리 재어 봐야겠네."

"세로 길이는 22미터예요."

"뭐라구? 벌써 짐작한 거야? 이 능구렁이야!"

"물론이죠, 아리스티드 포미치! 눈이 달렸다면 한두 가지쯤은 볼 수 있거든요."

바빌로비치가 기쁨에 겨워 말했다.

몇 분 후 두 사람은 바빌로비치의 사무실에 어깨를 맞대고 앉았다. 대위는 많은 양의 맥주를 마시기 시작했다.

"그러니까 공장 담이 완전히 자네 땅 위에 서 있는 거야."

그가 음식점 주인에게 말했다.

"이제 절대 봐주지 마. 선생이 곧 올 테니까 선생한테 고소장을 써달라고 하자고. 손해배상 금액에 대해서는 수입인지 비용을 낭비하지 않는 선에서 적당히 매기게. 그런데 공장을 철거해야 한다고 요구해야 하네. 남의 재산을 침해했을 때는 결국 그렇게 되는 거야, 알겠나? 이건 자네한테 대단한 행운이야. 우린 그 작자가 그곳을 헐 수밖에 없도록 만드는 거야. 법정에 자네와 함께 출두하겠네. 주다스를 압박할 준비나 하게. 공장을 깡그리 무너뜨리는 데 얼마나 걸릴지 계산해 보세. 그게 모두 얼마나 되고 시간은 얼마나 걸릴까? 정직하신 주다스께서 2천 루블은 내놓게 할 거야."

"그렇게는 안 내놓을 꺼에요!"

바빌로비치가 외쳤다. 하지만 그의 눈은 탐욕스럽게 빛났다.

"모르는 소리! 그렇게 내놓을 거야. 생각 좀 해봐, 안 그러면 어떻게 하겠나? 잘 듣게, 예고르. 절대 싼 값에 넘어가서는 안 돼. 저들이 반드시 자네를 매수하려 들 거야. 자신을 싼 값에 넘기지 말게. 어쩌면 우리를 협박하려 들지도 몰라. 하지만 우리만 믿게."

대위의 눈이 즐거움으로 빛났고 얼굴은 흥분으로 벌겋게 달아올랐다.

그는 바빌로비치의 욕심을 이용하기로 마음먹었다. 이런

문제는 즉시 행동에 옮겨야 한다고 그를 부추기며 대위는 즐겁고 행복한 마음으로 자리에서 일어섰다.

　저녁이 되자 모든 사람들이 대위가 발견한 사실을 알게 되었다. 그들은 서로 나서서 앞으로 페투니코프가 겪게 될 시련에 대해 이야기했다. 법원집 달리가 소환장을 건넸을 때 그가 얼마나 놀라고 흥분할지를 생생하게 그려 나갔다. 대위는 자신이 대단한 영웅이 된 듯한 기분이었다. 그는 즐거웠고 친구들도 모두들 기뻐하였다. 뜰에 누워 있던 누더기 차림의 시커먼 그림자 무리는 요란스레 기쁨을 표시했다. 그들 모두 상인인 페투니코프를 알고 있었다. 그는 자주 그들 곁을 지나쳤는데, 코를 치켜세우고서 그들에게는 땅바닥에 널려 있는 쓰레기 더미에게보다도 더 눈길을 주지 않았다. 또한 살이 통통했는데 그것이 그들을 더욱더 약오르게 했다. 그런데 자기들 중 한 사람이 이기적인 상인의 지갑에다 크게 한 방을 날렸으니 그렇게 고소할 수 없었다. 그 점이 모두를 말할 수 없이 기쁘게 했다. 대위의 발견은 그들에게 강력한 무기가 되었다. 그들 모두가 잘 먹고 잘 입는 사람들에게 강한 적의를 품고 있었으나 개중에는 이제야 그런 감정이 싹트고 있는 사람도 있었다. 앞으로 쿠발다와 페투니코프 사이에 벌어지게 될 싸움을 생각하자 '한 때는 인간이었던 동물들' 패거리는 호기심이 불타오르는 것을 느꼈다. 그들은 이미 상상 속에서 그 싸움을 보고 있었다.

2주 동안 여인숙 사람들은 사건이 진행되기를 기다렸다. 하지만 페투니코프는 찾아오지 않았다고 했다. 그가 지금 시내에 없고 소환장도 아직 전달되지 않았다고 했다. 쿠발다는 법원의 처리가 늦어지는 것에 화가 났다. 어느 누구도 이들 맨발의 부랑자들처럼 그 상인을 기다려 본 적이 없었을 것이다.

"올 생각을 안 하네, 망할 자식이!"

"그건 그 사람이 날 사랑하지 않아서라네!"

타라스 부제가 손으로 턱을 괸 채 익살스러운 눈길로 먼 산을 바라보며 노래를 불렀다.

마침내 페투니코프가 나타났다. 그는 근사한 마차를 타고 왔는데 아들이 하인처럼 굴었다. 아들은 뺨이 붉은 잘생긴 젊은이로 길고 깔끔한 외투를 걸치고 검은색 안경을 끼고 있었다. 그들은 가까이에 있는 나무에 말을 매었다. 그리고는 아들이 주머니에서 측량 기구를 꺼내어 아버지에게 건넸다. 그들은 땅을 재기 시작했다. 둘 다 말이 없고 근심에 차 보였다.

"여보시오!"

대위가 즐거워하며 소리쳤다.

그 순간 여인숙에 있던 모든 사람들이 밖으로 나와서 그들을 지켜보며 각자의 생각을 큰 소리로 거침없이 쏟아냈다.

"습관적인 도둑질이란 게 뭘까? 사람은 때로 남의 것을 훔치는 실수를 할 수 있어. 하지만 얻는 것보다 잃는 게 더 많은 법이지."

대위가 그렇게 말하자 그의 패거리가 여기저기서 웃음을 터트리며 동의의 뜻을 중얼거렸다.

"조심해야 할 거야, 이 악당!"

페투니코프가 소리쳤다.

"그렇지 않으면 그 싼 입 때문에 법정에 서게 될 테니까."

"증인이 없으면 나한테 아무 짓도 못 해. 당신 아들은 당신 편에 서서 증언할 수 없으니까."

대위가 그에게 경고했다.

"그래도 조심하는 게 좋을 거야, 이 비열한 악당. 당신도 유죄 판결을 받을 수 있어."

페투니코프가 그를 향해 주먹을 휘둘러보았다. 그의 아들은 측량에 열중하느라 시커먼 남자들의 무리는 쳐다보지도 않았다. 그들은 심술궂게 즐거워하며 아버지를 더욱더 당황하게 만들고 있었다. 하지만 그는 한 번도 그들 쪽으로 눈길을 돌리지 않았다.

"젊은 양반은 열심히 일하시는 중이구만."

아베도크가 젊은 페투니코프의 일거수일투족을 바라보며 말했다. 생각했던 측량을 모두 마치자 페투니코프는 눈썹을 찌푸리고는 마차에 올라타서 멀어졌다. 그의 아들은 흔들림 없는 걸음걸이로 바빌로비치네 음식점 안으로 들어가더니 문 뒤로 사라졌다.

"호오! 어린 도둑놈이 단단히 작정한 모양일세! 다음은 어떻게 될까?"

쿠발다가 물었다.

"다음요? 어린 페투니코프가 예고르 바빌로비치를 매수하겠죠."

아베도크가 확신에 차서 말했다. 그리고는 그 생각이 그렇게 즐거웠는지 입술을 훔쳤다.

"그게 그렇게 좋아?"

쿠발다가 진지하게 물었다.

"인간의 계획이 실패하는 걸 보면 언제나 즐거워요."

아베도크가 이렇게 말하며 기뻐서 어쩔 줄 몰라 하며 눈을

굴리고 손을 비볐다. 대위는 화가 난 듯 땅바닥에 침을 뱉더니 말이 없었다. 모두들 무너져 가는 건물 앞에 서서 조용히 음식점의 문을 바라보았다. 그렇게 한 시간도 넘게 지났을 때였다. 문이 열리더니 페투니코프가 들어갈 때처럼 말없이 나왔다. 그는 잠깐 멈춰 서서 기침을 하고 옷깃을 곧추세우고는 눈으로 자신의 행동 하나하나를 뒤쫓고 있는 사람들을 힐끗 쳐다보았다. 그리고는 거리를 따라 시내로 향했다.

대위가 한동안 그를 바라보더니 아베도크 쪽으로 몸을 돌리고 미소를 지으며 말했다.

"어쨌든 네 말이 맞는 것 같다, 이 쥐새끼 같은 자식아! 못된 냄새는 잘도 맡는다니까. 맞았어, 저 어린 사기꾼 놈의 얼굴을 보니까 원했던 것을 얻은 게 분명해. 예고르가 저 작자한테서 얼마나 뜯어냈는지 모르겠네. 분명히 얼마를 받았을 거야. 그놈도 저놈들하고 하나 다를 게 없거든. 모두들 같은 족속들이야. 그 작자가 돈을 받았을 거야. 난 순전히 저를 위해서 이 일을 꾸민 건대. 내 실수였다는 걸 인정할 수밖에 없네. 그래, 인생이란 우리 편이 아니야, 형제들. 가까운 사람에게 침을 뱉으면 침 몇 방울은 자기 얼굴에 튀기 마련이야."

이 말에 스스로 만족한 훌륭하신 대위가 패거리들을 둘러보았다. 그들 모두 실망한 눈치였다. 모두들 페투니코프와 바빌로비치 사이에 뭔가 예상치 않았던 일이 벌어졌다는 것을 알 수 있었다. 그들은 모욕당한 기분이었다. 다른 사람에게 상처 줄 수 없다고 느꼈을 때의 기분은 좋은 일을 할 수 없다고 느꼈을 때의 기분보다 더 나빴다. 상처를 주기란 더 쉽고 간단하기에.

"자, 우리가 왜 여기서 서성거리고 있는 거지? 더 이상 기다릴 게 없는데. 예고르한테서 사례금 받는 일만 빼면."

대위가 이렇게 말하며 성난 눈빛으로 음식점을 바라보았다.

"이제 주다스네 지붕 아래서 평화로웠던 삶도 끝장이 났군. 주다스가 우릴 내쫓으려고 할 거야. 그러니까 내가 미리 귀띔하지 않았다고는 하지 마."

마르티야노프가 구슬프게 미소 지었다.

"간수께서는 왜 웃으시나?"

쿠발다가 물었다.

"그럼 전 어디로 가죠?"

"불쌍한 영혼 같으니. 그건 운명이 정해 줄 일이야. 그러니 너무 걱정하지 마."

대위가 진지하게 말하고 여인숙 안으로 들어갔다. 한때는 인간이었던 동물들' 도 그의 뒤를 따랐다.

"우린 그저 결정적인 순간을 기다리는 수밖에 없어."

대위가 그들 사이를 걸어 다니며 말했다.

"우리를 쫓아내겠다고 할 때 새 집을 찾아보는 거야. 하지만 지금은 그런 생각으로 인생을 망칠 필요는 없어. 위기의 순간에 사람들은 더 활기가 생기는 법이지. 인생이 활기로 가득 차 있다면, 언제나 인생을 갈구하지 않을 수 없도록 매 순간이 짜여 있다면, 그렇다면 우리 인생은 더 생기 있어지고 관심과 열정으로 가득 찰걸세."

"그렇다면 사람들이 서로 남의 목을 치려 들어야겠네요?"

아베도크가 벙긋거리며 말했다.

"글쎄, 그래서?"

대위가 화가 나서 물었다. 그는 누가 자신의 말에 토 다는 걸 좋아하지 않았다.

"오, 아무것도 아니에요! 어떤 사람이 어느 곳에 빨리 가고 싶으면 말에 채찍질을 하죠. 물론 엔진을 돌리려면 불이 필요하구요."

"어쨌든 하루라도 빨리 모든 것들이 파멸해 가도록 놔두자구. 어느 날 갑자기 땅이 갈라지거나 지구가 불에 타서 없어져 버렸으면 좋겠어. 다만 내가 마지막 순간까지 남아서 다른 사람들이 멸망해 가는 걸 지켜볼 수만 있다면 말이야."

"잔인한 양반!"

아베도크가 웃었다.

"그게 어쨌다는 거야? 나도 한 때는 사람이었어. 하지만 지금은 부랑자일 뿐이야. 난 아무 의무도 없어. 그러니까 난 누구에게나 내 맘대로 침을 뱉을 수 있어. 내 현재 삶은 한마디로 과거를 부정하는 거야. 잘 먹고 잘 입는 사람들, 단지 먹고 입는 문제에 있어서 저희들보다 못하다는 이유로 나를 경멸스럽게 쳐다보는 사람들과의 관계를 모두 끊는 거야. 난 내 안에서 뭔가 새로운 것을 개발해야 해, 이해하겠나? 주다스 페투니코프와 그의 족속들이 내 앞에 벌벌 떨며 땀을 흘리게 만들 뭔가를."

"오, 정말 씩씩한 혀를 가지셨군요!"

아베도크가 놀렸다.

"물론이죠, 선생!"

쿠발다가 경멸스러운 눈빛으로 그를 바라보았다.

"자네가 뭘 알겠나? 자네가 아는 게 뭐야? 자넨 사유할 줄 아나? 난 사유할 줄 알고 책도 읽었어, 자네는 한마디도 이해 못할 책들을."

"어련하시겠어요! 사람은 손이 없으면 국을 못 떠먹어요.

그런데 대위님은 책을 읽고 생각할 줄 알고 나는 책 근처에도 안 가봤는데 대위님이나 나나 처지는 뭐 별로 다를 게 없어 보이네요. 안 그래요?"

"염병할 놈!"

쿠발다가 소리쳤다. 아베도크와의 대화는 언제나 이런 식으로 끝났다. 선생이 없는 자리에서 그의 연설은 대개 허공을 맴돌 뿐 누구 하나 관심을 보이지 않았다. 그도 그것을 알았다. 하지만 말을 참을 수가 없었다. 지금도 말상대와 다투고 나서 모두를 자신을 피하는 것 같았지만 도저히 말을 참을 수가 없어 심초프에게 이렇게 물었다.

"알렉세이 막시모비치, 자네는 늙은 몸을 어디다 뉠 생각인가?"

노인이 상냥하게 미소를 지으며 손을 비볐다. 그리고 이렇게 대답했다.

"모르겠어요. 알아봐야죠. 사람한테 뭐 많은 게 필요 없잖아요, 그저 술이나 조금 있으면."

"소박하지만 근사한 양식이지!"

대위가 말했다. 심초프는 말이 없었다. 다만 여자들이 자기를 좋아하기 때문에 누구보다도 먼저 거처를 찾게 될 것이라고 덧붙였다. 그 말은 맞았다. 노인한테는 언제나 두세 명의 창녀가 있었는데, 그 여자들이 쥐꼬리만 한 수입으로 그를 먹여 살렸다. 여자들이 가끔씩 그를 때렸는데 그는 마치 구도자처럼 그것을 참았다. 여자들이 그를 심하게 때리는 일은 거의 없었다. 그를 불쌍히 여겼기 때문이다. 그는 여자들을 정말로 좋아했는데 자기가 불행하게 된 원인이 바로 여자들 때문이라고 말했다. 여자들과의 관계가 어땠는지는 그의 옷에서 확실히 알 수 있었다. 그의 옷은 패거리의 누구 것보다도 단정하고 깨끗했다. 이제 그는 여인숙의 문턱에 앉아서, 오래전 레드카가 자기와 같이 살자고 했는데 친구들을 떠나기 싫어서 가지 않았다고 자랑스럽게 말하고 있었다. 그들은 질투 섞인 관심을 보이며 그의 이야기를 들었다. 그들 모두 레드카를 알고 있었다. 그 여자는 바로 산 아래의 시내 근처에 살고 있었다. 얼마 전 그녀는 절도죄로 감옥에 들어갔었다. 간호사로 은퇴한 그녀는 키가 크고 튼튼한 시골 여인네였는데 얼굴에 곰보 자국이 나 있기는 했지만 상당히 예쁜 얼굴이었다. 눈은 언제나 술에 취해 있었지만.

"늙은 불한당을 보라지!"

아베도크가 심초프를 바라보며 욕설을 내뱉었다. 심초프는 스스로 흡족한 듯 미소 짓고 있었다.

"왜 여자들이 날 좋아하는지 알아? 어떻게 하면 여자들의 영혼을 북돋아주는지 알기 때문이야."

"자네가 그런가?"

쿠발다가 물었다.

"난 여자들에게 내가 불쌍해 보이게 만들죠. 그러면 여자들이 날 불쌍하게 생각해요. 여자들에게 가서 울면서 제발 죽여 달라고 해봐요. 그러면 여자들이 불쌍히 여기고 정말 죽여 줄 테니까."

"정말 살인하고 싶은 기분이 드는구만."

마르티야노프가 멋쩍게 웃으며 큰 소리로 말했다.

"누구를 말이죠?"

아베도크가 슬금슬금 그에게서 떨어지며 물었다.

"누구든 상관없어. 페투니코프든 예고르든, 아니면 자네든."

"도대체 왜?"

쿠발다가 물었다.

"시베리아에 가고 싶어요. 이렇게 지루한 삶은 더 이상 살고 싶지 않아요. 거기 가면 어떻게 사는 건지 배울 수 있을 거예요."

"맞아. 시베리아는 특별한 방법으로 사람들을 가르치지."

대위가 서글프게 말했다.

　그들은 페투니코프나 여인숙에서 쫓겨나는 문제에 대해
더 이상 얘기하기 않았다. 곧 떠나게 될 것이라는 점은 모
두 알고 있었으므로 그 일은 더 이상 얘기할 가치가 없다고
생각했다. 쓸데없는 짓일 뿐만 아니라, 비가 오기 시작하기
는 했지만 날씨가 그렇게 추운 것은 아니었기 때문이다. 거
리로 나가 아무 곳에서나 땅바닥에서 잘 수 있을 것이다.
그들은 풀밭 위에 둥그렇게 둘러앉아서 갖가지 화제를 가
지고 이야기했다. 한 주제에 이어 다른 주제를 꺼내고 말주
변이 없는 사람의 이야기에도 주의 깊게 귀를 기울였다. 그
게 그들이 시간을 보내는 방법이었다. 말없이 있기란 남의
얘기를 들어 주는 것만큼이나 따분했던 것이다. '한때는
인간이었던 동물들'에게는 한 가지 좋은 점이 있었는데,
그들 중 아무도 자신이 남들보다 잘 낫다는 것을 보여 주려
고 애쓰거나 다른 사람들이 자신의 우월함을 인정하도록
강요하지 않는다는 것이다.

　9월의 태양이 그들의 누더기 옷을 붉게 물들였다. 그들
은 아무것도 쓰지 않은 머리와 등에 햇빛을 받으며 앉아 있
었다. 식물계와 광석계, 동물계가 혼돈스럽게 섞여 있었다.
뜰 한구석에 키가 큰 풀이 무성히 자라고 있었고 그 외에는
아무것도 없었다. 다만 아무리 사나흘 굶은 사람이라도 절대

로 침을 삼키지 않을 만큼 시들어 버린 야채가 조금 눈에 띄었다.

　다음은 바빌로비치의 음식점에서 벌어졌던 장면이다.
　아들 페투니코프는 천천히 들어가서 모자를 벗고 주위를 둘러보았다. 그리고 음식점 주인에게 이렇게 말했다.
　"예고르 바빌로비치 씨예요? 그분 맞습니까?"
　"그렇소."
　하사가 마치 카운터 위로 뛰어넘을 듯이 카운터에 두 팔을 대며 대답했다.
　"선생께 볼 일이 있어 왔습니다."
　페투니코프가 말했다.
　"좋소. 자, 이리 내 사무실로 갑시다."
　그들은 사무실로 들어가서 앉았다. 손님은 소파에 앉고 주인은 맞은편 의자에 앉았다. 한쪽 구석에서는 거대한 성화 앞에서 등불이 타고 있고, 반대편 벽에는 몇 개의 석유 등불이 걸려 있었다. 등불은 관리를 잘 해서인지 마치 새것처럼 반짝거렸다. 여러 개의 상자와 갖가지 기구가 들어차 있는 그 방에서는 담배 냄새, 양배추 절임 냄새, 올리브 기름 냄새 등이 배어났다. 페투니코프가 주위를 둘러보고는 묘한 표정을 지었다. 바빌로비치는 성화를 바라보았다. 그러다 두 사람은 동시에 서로를 바라보았다. 둘은 서로에게 나쁘지 않은 인상을 받은 듯 보였다. 페투니코프는 바빌로비치의 숨김없이 탐욕적인 눈이 싫지 않았으며, 바빌로비치는 뺨이 길고 이가 흰 페투니코프의 호탕하면서 냉정하고 결연한 얼굴이 마음에 들었다.

"제가 누군지는 이미 아시겠죠? 그리고 무슨 말씀을 드리려는지도 짐작하실 겁니다."

페투니코프가 먼저 말을 꺼냈다.

"소송 때문인 것 같은데, 그렇잖아요?"

전직 하사가 정중하게 말했다.

"맞습니다! 선생께서 괜히 말을 돌리지 않고 사업가처럼 바로 본론으로 들어가시니 정말 기쁩니다."

페투니코프가 고무적으로 나왔다.

"난 군인이었소."

바빌로비치가 점잔을 빼며 말했다.

"말씀하지 않으셔도 알겠습니다. 우리가 별 어려움 없이 이 문제를 해결할 수 있을 것으로 믿습니다."

"마찬가지요."

"좋습니다! 법은 선생 편이니까 물론 선생께서 이 재판에서

이기실 겁니다. 먼저 이 말씀을 드리고 싶었습니다."

"정말 감사하오."

하사가 웃음기를 감추려고 눈을 비비며 이렇게 말했다.

"그런데 물어 보고 싶은 게 있습니다. 저희가 서로 이웃이 될 수 있을 텐데 왜 꼭 법정을 통해 인사를 보내 오셨나요?"

바빌로비치는 어깨만 으쓱여 보이고는 대답을 못했다.

"저희한테 직접 오셔서 문제를 평화롭게 해결했으면 좋을 텐데. 안 그렇습니까, 어떻게 생각하세요?"

"물론 그런 게 좋았겠죠. 하지만 그게 그렇게 간단하지가 않아요. 이건 내가 좋아서 벌린 일이 아니고 다른 사람들이…… 나중에서야 그렇게 하는 게 더 낫겠다 싶었죠. 하지만 너무 늦어 버렸어요."

"아하! 변호사가 선생께 알려주었나 보죠?"

"뭐 그렇다고 할 수 있죠."

"그렇군요! 그렇다면 이 문제를 평화적으로 해결하고 싶으세요?"

"그렇고말고요."

하사가 말했다.

페투니코프는 잠깐 동안 말이 없더니 그를 바라보았다. 그리고 갑자기 차갑고 매몰찬 목소리로 이렇게 물었다.

"왜 그러신 거죠?"

바빌로비치는 이러한 질문은 예상하지 못했다. 그래서 준비된 대답도 없었다. 그가 생각하기에 그 질문은 그렇게 중요한 것 같지 않았다. 그는 젊은 페투니코프를 보며 웃었다.

"그야 뻔하죠. 사람은 다른 사람들과 평화롭게 살고 싶은 거니까요."

"그러나,"

페투니코프가 가로막았다.

"그게 정확한 이유는 아니에요. 제가 보기에 선생께서는 왜 자신이 저희와 합의하려고 하는지 그 이유를 분명히 모르시는 것 같아요. 제가 말씀드리죠."

하사는 조금 당황했다. 우스꽝스러워 보이는 체크무늬 옷을 입은 이 젊은이는 마치 락신 대령처럼 말했다. 그 대령은 화가 나면 재수 없는 군인의 이를 세 개씩 뽑아내곤 했다.

"선생께서 저희와 친구가 되시려는 이유는 저희가 그런 대로 쓸 만한 이웃이기 때문이에요. 저희 공장에서는 적어도 백오십 명의 노동자가 일할 예정이죠. 시간이 갈수록 더 많아질 거구요. 만약 그 사람들이 주급을 받고서 백 명만 선생네 집에 와서 한 잔씩만 마신다면 매달 지금 보다 사백 잔은 더 팔 수 있어요. 물론 이건 가장 낮춰 잡은 수치죠. 게다가 음식점까지 같이 하시잖아요. 선생은 어리석지 않으니까 우리가 얼마나 이로운 이웃인지 아실 거예요.”

“맞는 말이오.”

바빌로비치가 고개를 끄덕였다.

“진작 알고 있었어요.”

“자, 어떻게 하실래요?”

상인이 큰 소리로 물었다.

“어떻게 하긴요, 합의합시다!”

“그렇게 빨리 결정하셨다니 다행입니다. 여기 보세요, 저희 아버지에 대한 소송을 철회하겠다는 법원 통지서를 제가 미리 작성해 왔어요. 읽어보시고 서명하세요.”

바빌로비치가 눈을 둥그렇게 뜨고 상대를 바라보았다. 그리고는 뭔가 불쾌한 기분이 든 듯 몸을 떨었다.

“뭐라고 했죠? 서명하라고요? 왜죠?”

“하나도 어려운 게 아니에요. 세례명과 성만 적으면 끝이에요.”

페투니코프가 친절하게 손가락으로 서명할 곳을 가리키며 말했다.

"아니, 그런 게 아니에요. 내가 말하려는 건 내 땅에 대해
서 받을 보상금 문제요."

"하지만 이 땅은 선생한테 아무 쓸모가 없잖아요."

페투니코프가 침착하게 말했다.

"하지만 내 땅이오."

하사가 외치듯이 말했다.

"물론이죠. 그럼 그 대가로 얼마를 원하시죠?"

"글쎄, 소환장에 적혀 있는 금액을 말해 보시오."

바빌로비치가 대담하게 말했다.

"6백요."

페투니코프가 상냥하게 미소 지었다.

"정말 재미있는 분이세요!"

"법으로 하자면 내가 이겨요. 2천 루블도 요구할 수 있
죠. 그리고 건물을 철거하라고 할 수도 있어요. 강제로 철
거시킬 수도 있구요. 그러니 그 금액이면 약소한 거요. 그
금액을 내놓았으면 좋겠소."

"좋습니다. 그렇게 할 수 있습니다, 3년쯤 지나서요. 그때
쯤이면 선생께서도 적잖은 재판 비용이 들 거예요. 지불한
돈을 다 지불하고 저희가 술집을 열면 선생께서는 망하는
거죠. 그것도 아주 쫄딱. 선생이 망하는 걸 지켜볼 거예요.

똑똑히 지켜보겠어요. 지금이라도 당장 술집을 열 수 있어요. 하지만 시간이란 귀중한 거잖아요. 게다가 저희는 선생이 안타까워요. 이유도 없이 다른 사람 입에 든 빵을 뺏어서야 되겠어요?"

예고르 바빌로비치는 이를 앙 다물고 손님을 바라보았다. 자신이 질질 끌려가고 있으며 그가 자신의 운명을 손아귀에 쥐고 있는 것 같았다. 바빌로비치는 체크무늬 옷을 입은 이 냉혹하고 잔인한 인간을 상대해야만 하는 자신이 한없이 불쌍해졌다.

"이렇게 가까운 이웃으로서 저희를 도와주셨더라면 선생에게도 이득이었을 거예요. 저희도 그걸 깨달았어야 해요. 지금이라도 담배나, 빵 오이 같은 것을 파는 가게를 내보시는 게 어때요? 앞으로 사람들이 그런 것들을 많이 찾을 텐데."

가만히 귀를 기울이고 있던 바빌로비치는 바보가 아니었으므로 적의 관대함에 자신을 내던지는 것이 더 낫겠다고 생각했다. 처음부터 다시 시작하는 게 나았다. 그는 어떻게 해야 상대의 마음을 누그러뜨릴 수 있을지 몰라서 쿠발다를 욕하기 시작했다.

"벼락 맞을 자식, 주정뱅이 불한당! 빌어먹을 놈!"

"고소장을 쓴 그 변호사 말씀이세요?"

페투니코프가 침착하게 물었다. 그리고는 한숨을 지으며 덧붙였다.

"저희가 선생을 안타깝게 생각하지 않았더라면 그 사람 때문에 선생이 굉장히 곤란한 처지가 되셨을 게 분명해요."

"오호!"

화가 난 하사가 손을 들었다.

"두 사람이 있어요. 한 사람은 이 문제를 생각해 냈고 다른 한 사람은 고소장을 썼어요. 빌어먹을 기자놈!"

"웬 기자죠?"

"신문에 글을 써요. 여인숙 사람 중의 한 놈이에요. 그놈들이 밖에 다 있어요. 제발 좀 쫓아 주세요. 날강도 같은 놈들! 어느 한 사람 가만 두질 않고 들쑤셔요. 정말 배겨날 수가 없어요. 모두들 지겨운 놈들이에요. 당신도 조심하는 게 좋을 거예요. 안 그러면 그놈들이 가만 두질 않을 테니까."

"기자란 사람이 누군가요?"

페투니코프가 관심을 보이며 물었다.

"그 사람요? 주정뱅이예요. 한때는 선생이었는데 잘렸어요. 돈이 좀 생겼다 하면 술이죠. 지금은 신문에 글을 쓰거나 고소장을 쓰며 사는데 정말 악랄한 놈이에요."

"흠! 선생의 고소장도 그 사람이 쓴 건가요? 건물에 잘못
이 있다는 것을 발견한 사람도 그 사람인가 보군요, 기둥이
잘못 박혀 있다구요?"

"맞아요! 틀림없어요. 개 같은 자식! 여기서 큰 소리로 고
소장을 읽고는 이렇게 떠벌렸어요. '페투니코프네 지갑 좀
털 수 있겠어' 라구요."

"예, 예. 자, 그러면 합의하시겠어요?"

"합의하자구요?"

하사가 고개를 숙이고 생각에 잠겼다.

"아! 산다는 게 정말 힘들어요."

그가 머리를 긁적이며 성마른 목소리로 말했다.

"사람은 경험에서 배우는 법이죠."

페투니코프가 그를 설득하며 담배에 불을 붙였다.

"배우는 법이라. 그런 게 아니에요. 제가 이러지도 저러
지도 못한다는 걸 모르겠어요? 제가 어떻게 살고 있는지
모르겠냐구요? 전 두려움에 떨며 살고 있어요. 저한테는
그렇게 바라는 행동의 자유가 없어요. 망령 같은 선생이 저
에 대해 신문에 쓸 거예요. 그러면 위생 검사관이 올 거고
바로 세금이 매겨질 거예요. 아니면 여인숙 사람들이 이 집
을 불태우고 물건을 훔쳐가거나 저를 죽일 거예요. 저는 저

놈들한테 꼼짝할 수가 없어요. 저놈들은 경찰한테 눈도 깜짝 안 하고 감옥에 가는 것도 마다하지 않아요. 감옥에서는 공짜로 먹여주잖아요."

"그렇다면 우리가 합의를 봄으로써 저 사람들 코를 납작하게 할 수 있겠네요."

페투니코프가 말했다.

"그럼 어떻게 합의할까요?"

바빌로비치가 애처롭고 심각한 목소리로 물었다.

"선생 조건을 말씀해 보세요."

"고소장에 적힌 대로 6백을 주세요."

"백 루블이 어떠세요?"

상인이 차갑게 말했다. 그리고 주의 깊게 상대를 바라보며 조용히 미소 지었다.

"그 이상은 1루블도 더 드릴 수 없어요."

그가 덧붙였다.

그러고 나서 그는 안경을 벗어 손수건으로 닦기 시작했다. 바빌로비치는 애처롭고도 공손하게 그를 바라보았다. 페투니코프의 침착한 얼굴, 회색 눈동자와 깨끗한 피부, 땅딸막한 몸집의 동작 하나하나가 자신감과 흔들림 없는 정신력을 나타냈다. 바빌로비치는 꾸미지 않고 말하는 그의 솔

직한 태도도 마음에 들었다. 마치 그가 친동생처럼 생각되
었다. 다만 바빌로비치도 자신이 그보다 못하다는 것을, 자
신은 일개 군인일 뿐이라는 사실을 모르지 않았다. 그를 바
라보고 있자니 그가 점점 더 좋아졌다. 그는 한순간 눈앞의
문제는 잊어버리고 페투니코프에게 공손히 물었다.

"어디서 공부했어요?"

"공과대학에서요. 왜요?"

페투니코프가 미소를 지으며 대답했다.

"아니에요. 그냥…… 미안해요!"

하사가 고개를 수그리더니 갑자기 탄성을 질렀다.

"교육이란 정말 멋있는 거예요. 삶의 등불이죠. 전 대낮의
올빼미처럼 어리석어요. 이 문제는 여기서 끝내도록 하죠."

그가 결연히 페투니코프에게 손을 내밀며 말했다.

"자, 5백 어떠세요?"

"백 루블 이상은 절대 안 돼요, 예고르 바빌로비치."

페투니코프가 더 줄 수 없어서 미안하다는 듯이 어깨를
으쓱였다. 그리고는 길고 하얀 손가락으로 털 많은 하사의
손을 건드렸다. 그들은 곧 해결을 보았다. 바빌로비치가 곧
바로 양보를 하고 페투니코프의 뜻에 따랐던 것이다. 바빌
로비치는 백 루블을 받고 서류에 서명을 하고서는 탁자 위

에 펜을 던지듯이 내려놓고 씁쓸히 말했다.

"이제 난 죽어났어요! 저놈들이 날 비웃을 거예요. 날 잡아먹으려 할 거라구요, 염병할 놈들."

"제가 요구한 대로 다 드렸다고 하시면 되잖아요."

페투니코프가 이렇게 제안하며 차갑게 담배 연기를 내뿜더니 그것이 위로 흩어지는 것을 바라보았다.

"하지만 그 말을 믿겠어요? 눈치 하나는 빠른 사기꾼 놈들이거든요."

순간 바빌로비치는 뭐라고 더 말을 하려다 멈칫했다. 그리고 무서움을 느끼며 상인의 아들을 바라보았다. 그는 계속 담배를 피웠다. 그 일에만 푹 빠져 있는 듯 보였다. 그는 부랑자들의 소굴을 없애버리겠다고 다짐하고선 자리에서 일어섰다. 바빌로비치는 그의 뒷모습을 바라보며 한숨지었다. 옆으로 시궁창이 흐르고 여기저기 쓰레기가 널려 있는 경사진 길을 향해 저토록 단호한 걸음걸이로 걸어가고 있는 젊은 놈에게 뭔가 모욕적인 말을 소리치고 싶은 기분이 들었다.

저녁이 되자 대위가 음식점에 나타났다. 그는 눈썹을 잔뜩 찌푸리고 주먹을 쥐고 있었다. 바빌로비치는 죄지은 사람처럼 그에게 웃어 보였다.

"어디, 유다와 카인의 대단하신 후손이여, 말씀해 보시지."

"그 사람들이 단호하게 나왔어요."

바빌로비치가 이렇게 말하며 한숨짓고는 고개를 떨구었다.

"어련하시겠어. 그래서 얼마를 받아낸 거야?"

"4백 루블요."

"물론 거짓말이시겠지. 하지만 상관없어. 긴 말 할 필요 없네, 예고르. 문제를 발견한 나한테 10퍼센트, 고소장을 써준 선생한테 4퍼센트야. 그리고 모두한테 보드카를 돌리고 음식도 좀 내오라구. 돈은 지금 당장 줘. 보드카와 음식은 여덟 시에 준비해 놓고."

바빌로비치는 분에 겨워 얼굴이 뻘개져서는 눈을 동그랗게 뜨고 쿠발다를 바라보았다.

"이건 사기예요! 날강도짓이라구요. 전 절대 그렇게 못해요. 그게 말이 돼요, 아리스티드 포미치? 대위님 마음대로 해보세요. 전 이제 하나도 안 무서워요."

쿠발다가 시계를 보았다.

"10분간 시간을 주겠네, 예고르. 그때까지 그 바보 같은 얘기를 마치고 내가 요구한 돈을 내왔으면 좋겠네. 만약 안 그러면 자넬 가만 두지 않겠어. 카츠네가 자네한테 뭘 팔았지? 바소프네 집에서 뭘 도둑맞았다는 얘기는 자네도 신문에서 읽었겠지? 알겠나? 숨기려고 해도 시간이 없을 거야. 우리가 가만있지 않을 테니까. 바로 오늘밤, 알겠냐구?"

"왜 이러시는 거죠? 아리스티드 포미치?"

당황한 상인이 흐느끼며 말했다.

"더 이상 말 않겠어. 알아들었나, 못 알아들었나?"

키가 크고 위압적인 쿠발다가 반쯤은 속삭이는 듯 말했다. 그의 깊고 굵은 목소리가 실내에 울렸다. 바빌로비치에게 그는 항상 두려운 존재였다. 은퇴한 군인이어서일 뿐만 아니라 잃을 게 없는 사람이어서 그랬다. 지금 쿠발다는 전혀 다른 사람처럼 보였다. 언제나 익살스럽던 그가 말은 많이 안 했지만 상대방의 죄를 확신하고 있는 사령관처럼 말했다. 바빌로비치는 대위가 기꺼이 자신을 파멸시킬 수 있을 거라고 생각했다. 그럼에도 불구하고 그는 한 번 더 대위를 떠보기로 했다. 그는 깊은 숨을 내쉬고는 짐짓 침착하게 이야기를 꺼냈다.

"애석하게도 인간의 죄는 밝혀지기 마련이죠. 제가 거짓말을 했어요, 아리스티드 포미치. 제가 어리석게도 머리를 썼어요. 사실 백 루블밖에 못 받았어요."

"계속해."

쿠발다가 말했다.

“4백 루블을 받은 게 아니구요, 그러니까…….”

“그렇다고 달라지는 건 없어. 자네가 거짓말을 했건 안
했건 그건 상관없어. 어쨌든 나한테 56루블을 내놔. 많은
것도 아니잖아, 안 그래?”

“제발, 아리스티드 포미치! 전 언제나 대위님을 공경하고
기쁘게 해드리려고 애썼어요.”

“그만 둬, 예고르. 주다스네 손자 같은 놈.”

“좋아요! 드리겠어요! 하느님만은 이 일로 당신을 벌하실
거예요.”

“조용히 해! 이 썩은 종기 같은 놈아!”

대위가 눈을 부라리며 소리쳤다.

“너 같은 놈하고 이렇게 지껄이고 있다는 게 나한텐 벌이
야. 넌 당장 파리 목숨이야.”

그가 바빌로비치의 얼굴에 주먹을 휘두르며 부득부득 이
를 갈았다.

대위가 사라지자 바빌로비치는 눈을 깜박이며 미소 지었
다. 그러더니 그의 뺨 위로 커다란 눈물방울이 흘러내렸다.
희뿌연 그 눈물방울이 그의 수염 속으로 숨어들자 또다시
두 방울의 눈물이 흘러내렸다. 바빌로비치는 사무실로 들
어가서 성화 앞에 섰다. 그는 기도도 하지 않고 꼼짝 않고

거기 서서 주름진 구릿빛 뺨 위로 소금기 머금은 눈물을 흘렸다.

숲과 들을 배회하기 좋아하는 타라스 부제가 '한때는 인간이었던 동물들'에게 함께 들판으로 나가 자연의 품속에서 바빌로비치가 내놓은 보드카를 마시자고 제안했다. 하지만 대위와 나머지 사람들은 부제를 욕하며 뜰에서 마시기로 했다.

"하나, 둘, 셋……."

아리스티드 포미치가 숫자를 세기 시작했다.

"우리가 모두 서른 명이야, 선생은 없고. 자 계산해 보자구. 각자에게 오이 두 개 반, 빵 1파운드, 고기 1파운드씩이라. 나쁘지 않군! 보드카는 한 사람마다 한 병씩 돌아가고 양배추 절임도 많이 있어. 수박이 세 통이고. 그러니 더 이상 뭐가 필요 하겠나, 이 불한당 같은 친구들아? 자, 이제 예고르 바빌로비치를 먹어나 볼까. 이게 다 그 사람의 피와 살이니까."

그들은 땅바닥에 낡은 천을 깔고 그 위에 온갖 진미와 술을 펼쳐 놓았다. 그리고 말없이 엄숙하게 성찬 주위에 둘러앉았다. 하지만 눈앞에서 빛나는 술에 대한 갈증만은 참을 수 없었다.

저녁이 되자 여인숙 뜰에 둘러앉아 있는 인간쓰레기들 위로 땅거미가 내려앉았다. 마지막 햇빛이 쓰러져 가는 건물의 지붕을 비추었다. 그날 밤은 차갑고 적막했다.

"자, 시작하세, 동지들."

대위가 호령하듯 말했다.

"잔이 몇 개나 있지? 여섯 개라. 그런데 우리는 모두 서른 명이야. 알렉세이 막시모비치, 한 잔 따라 보게. 준비됐나? 자, 한잔씩 들자구. 건배!"

그들은 술을 마시고 고함을 치며 음식을 먹기 시작했다.

"선생이 안 보이는데, 사흘 동안이나 얼굴을 못 봤어. 누가 그 사람 봤어?"

쿠발다가 물었다.

"못 봤는데요."

"별일일세. 자, 아리스티드 쿠발다 대위님의 건강을 위해 건배! 그분만이 내 인생에서 한 번도 날 저버리지 않으셨어. 그분에게 항상 빌어먹을 축복이 있기를! 한시라도 그분이 없었더라면 우린 편치 못했을 거야."

"대위님은 너무 했어요."

아베도크가 이렇게 말하며 기침을 해댔다.

자신은 나머지 사람들과 다르다고 생각하는 대위는 입에 음식이 들어 있을 때는 말을 하지 않았다.

술이 두 잔째 들어가자 모두들 조금씩 명랑해지기 시작했다. 음식은 정말 기분 좋은 것이었다.

팔타라 타라스가 얘기를 듣고 싶다고 했으나 부제는 뚱뚱한 여자보다는 마른 여자가 낫다며 쿠바르와 입씨름을 하느라 친구의 청은 아랑곳하지 않았다. 자신의 생각이 옳다는 것을 굳게 믿고 있는 사람이 흔히 그러하듯 그는 쿠바르에게 고집 세게 그 문제에 대해 역설했다.

땅바닥에 누워 있던 메테오르는 얼빠진 얼굴을 하고선 술을 홀짝이며 부제의 열띤 이야기에 귀를 기울였다.

마르티야노프는 털이 숭숭한 커다란 손으로 무릎을 감싸 안고 앉아 있었다. 그는 말없이 애처롭게 술병을 쳐다보며 마치 이로 씹어먹을 듯이 수염을 잡아당겼다. 그때 아베도 크가 탸파를 놀렸다.

"아저씨가 어디다 돈을 숨겨놨는지 알 것 같아요."

"아이고, 운도 좋으셔라."

탸파가 소리쳤다.

"저하고 반반씩 나눠 갖는 게 어때요?"

"좋아, 그렇게 하자. 정말 잘 됐구만."

쿠발다는 왠지 이들에게 화가 났다. 이렇게 많은 사람 중에 자기 말을 들어 주고 자기 말을 이해할 만한 꼭 한 사람이 보이지 않았다.

"선생은 도대체 어디 있는 거야?"

그가 큰 소리로 물었다.

마르티야노프가 그를 바라보며 말했다.

"곧 오실 거예요."

"오기야 오겠지. 하지만 마차를 타고 오지는 않을 거야. 자, 모두의 건강을 위해 건배! 혹시라도 누가 부자를 죽이게 된다면 나하고 반반씩 나누세. 그런 다음 난 미국으로 갈 거야, 형제들. 그곳으로…… 그걸 뭐라고 부르지? 대평원?

대초원? 거기 도착하면 노력해서 미국 대통령이 될 거야. 그리고 유럽인들에게 선전포고를 하고 그들을 날려 버리겠어. 군대를 사야지. 유럽에서 말이야. 프랑스인, 독일인, 터키인, 전부 다 불러들일 거야. 그래서 바로 그들 형제들의 손으로 그놈들을 죽일 거야. 엘리아 마루멘츠가 타타르인으로 타타르인들을 샀듯이 말이야. 돈만 있으면 엘리아도 전 유럽을 멸망시키고 주다스 페투니코프를 시종으로 부릴 수 있었을 텐데. 페투니코프란 놈은 그러고도 남아. 한 달에 백 루블만 준다고 해도 시종 노릇을 마다하지 않을 거야. 하지만 몹쓸 시종이 되겠지. 얼마 안 있어 훔치는 버릇이 도질 테니까.”

“거기다 말야, 마른 여자가 왜 뚱뚱한 여자보다 나은지 알아? 돈이 덜 들거든.”

부제가 설득하듯이 말했다.

“내 첫 번째 마누라는 옷감을 열두 필이나 사야 했는데 두 번째 마누라는 열 필만 있으면 됐어. 먹는 것도 그런 식이었지.”

팔타라 타라스가 죄지은 사람처럼 웃더니 부제에게로 고개를 돌리고 똑바로 그를 쳐다보며 분명하게 말했다.

“나한테도 한때 마누라가 있었어.”

“아하! 누구한테나 있을 수 있는 일이지.”

쿠발다가 토를 달았다.

“어디 거짓말을 더 들어 볼까?”

“마른 여자였는데 엄청 먹었어요. 죽은 것도 너무 많이 먹어서였다니까요.”

“당신이 독약을 먹인 거겠죠, 이 나쁜 놈!”

아베도크가 자신 있게 말했다.

“신께 맹세코 아냐! 상어고기를 먹다가 그랬다니까.”

팔타라 타라스가 말했다.

“아냐, 당신이 독약을 먹인 거야!”

아베도크가 단호하게 외쳤다. 뭔가 터무니없는 말이나 증거가 없는 말을 할 때면 그는 늘 이렇게 같은 말을 되풀이했다. 처음에는 아이처럼 변덕스러운 목소리로 시작해서 점점 목소리가 커지다 나중에는 미친 듯이 소리치곤 했다.

부제가 친구를 대신해서 벌떡 일어섰다.

“아냐, 독약을 먹인 게 아니라구. 그럴 이유가 있어야지.”

“하지만 독약을 먹인 거라니까!”

아베도크가 외쳤다.

“조용히 해!”

대위는 더욱더 화가 나서 위협적으로 소리쳤다. 눈을 깜빡이며 친구들을 바라보던 그는 반쯤 술에 취한 그들의 얼굴에서 더 이상 자신의 화를 돋울 만한 무언가를 발견하지 못해서인지 고개를 떨구고 잠시 조용히 앉아 있다 땅바닥에 벌렁 드러누웠다. 메테오르는 오이를 씹고 있었다. 그는 쳐다보지도 않고 오이를 집어 들었다. 그리고 거의 절반 가까이 입 안으로 밀어 넣고는 누런 이로 씹기 시작했다. 사방으로 오이 즙이 삐져나와서는 그의 턱 위로 흘러내렸다. 그는 별로 먹고 싶은 생각이 없어 보였다. 다만 그렇게 하는 것이 즐거운 모양이었다. 마르티야노프는 동상처럼 꼼짝 않고 땅바닥에 앉아서 이미 비기 시작한 술병을 나른하게 바라보았다. 아베도크 배를 깔고 엎드려서 작은 몸을 마구 떨며 기침했다. 나머지 말없고 시커먼 그림자들도 갖가지 자세로 앉거나 누워 있었다. 그들의 넝마 같은 옷은 그들을 마치 어떤 손재주 없는 이상한 신이 인간을 조롱하려고 빚어놓은 흉물스런 동물들처럼 보이게 했다.

"언젠가 수즈달에 한 아가씨가 살았다네.

아주 이상한 아가씨였다네.

그런데 그만 미쳐 버리고 말았다네.

너무나 슬펐다네."

부제가 알렉세이 막시모비치를 껴안으며 낮은 목소리로

노래했다. 알렉세이는 다정스레 그의 얼굴을 바라보며 미소 지었다.

팔타라 타라스가 갑자기 미친 듯이 웃음을 터트렸다.

밤이 다가왔다. 저 높이 하늘에서는 별이 반짝이고 산 위와 시내에서는 하나둘씩 불빛이 모습을 드러냈다. 멀리 강가에서는 증기선의 기적 소리도 들려 왔다. 바빌로비치네 음식점 문이 시끄러운 소리를 내며 열렸다. 시커먼 두 물체가 마당으로 들어섰다. 그 중 한 사람이 쉰 목소리로 물었다.

"술 마시고 있어요?"

그러자 다른 한 사람이 질투 섞인 귓속말로 말했다.

"저 거렁뱅이들 좀 봐!"

누군가 부제의 머리 위로 손을 뻗으며 술병을 낚아채 술잔에 보드카를 따르는 소리가 들렸다. 그러자 모두들 큰 소리로 나무랐다.

"오, 정말 슬픈 일이야!"

부제가 소리쳤다.

"크리보이, 우리 선조를 기리도록 하세! '바빌론 강가에서'를 부르세."

"저 사람이 노래를 불러?"

심초프가 물었다.

"저 사람? 주교 성가대 대원이었어요. 자, 어서 크리보이! 바~빌─ 론…….."

부제의 목소리는 크기만 했지 갈라지고 거칠었다. 그런데 그의 친구는 높은 가성을 써 가며 노래를 불렀다.

지저분한 집은 어둠 속에 을씨년스럽게 버티고 선 채 점점 더 가까이 다가오는 것 같았다. 낮은 메아리를 울리며 노래 부르는 그들을 금방이라도 덮칠 것 같았다. 그들 머리 위 하늘에는 무겁고 거만한 구름이 떠 있었다. '한때는 인간이었던 동물들' 중 한 사람이 코를 곯았다. 아직 그렇게 술에 많이 취하지 않은 다른 사람들은 조용히 음식을 먹거나 술을 마시거나, 아니면 아주 가끔씩 서로에게 말을 건넸다. 이런 축제의 자리에서, 이렇게 많은 술 앞에서 그들이 이렇게 의기소침해 한다는 것은 드문 일이었다. 오늘밤 술은 평소와 달리 활력소 역할을 제대로 못하는 것 같았다.

"그만 좀 떠들어, 이 버러지들아!"

대위가 노래 부르는 사람들에게 말했다. 그리고는 땅바닥에서 고개를 들어 뭔가에 귀를 기울였다.

"누가 오고 있어, 마차를 타고."

이 시간에 이곳을 지나는 마차라면 당연히 관심을 끌 수밖에 없었다. 누가 위험을 무릅쓰고 이 변두리 시궁창을 건너려 할 것인가? 뭣 때문에? 모두들 고개를 들고 귀를 기울였다. 밤의 정적 속에서 바퀴 소리가 분명하게 들렸다. 그 소리가 점점 더 가까워지고 있었다. 그때 낯선 목소리가 거칠게 물었다.

"이제 어디로 가야지?"

누군가 대답했다.

"저긴가 봐, 저 집."

"이제 찾은 것 같아."

"이리 오고 있어!"

대위가 소리쳤다.

"경찰인가 봐요!"

누군가 화들짝 놀란 목소리로 속삭였다.

"마찬데, 이 바보야!"

마르티야노프가 작은 목소리로 말했다.

쿠발다가 일어서서 대문으로 향했다.

"여기가 여인숙인가요?"

누군가 떨리는 목소리로 물었다.

"그렇소. 아리스티드 쿠발다의 집이오."

대위가 거칠게 대답했다.

"오, 티토프라는 기자분이 여기 사세요?"

"아하! 그 사람을 데려온 거요?"

"그렇습니다."

"취했소?"

"편찮으세요."

"아주 많이 취한 모양이구만. 이봐, 선생! 자 일어나!"

"기다리세요, 제가 도와드릴게요. 많이 편찮으세요. 지난 이틀 동안 저희하고 계셨어요. 팔을 끼세요. 의사가 진찰을 했는데, 안 좋으시데요."

탸파가 일어서서 대문으로 갔다. 하지만 아베도크는 웃으면서 술을 한 잔 더 마셨다.

"가서 등불 좀 켜!"

대위가 소리쳤다.

메테오르가 안으로 들어가서 등불을 켜자 가느다란 불빛이 밖으로 새어나왔다. 대위와 또 다른 사람은 선생을 집 안으로 들여가려고 애를 썼다. 머리는 가슴팍까지 떨어뜨리어져 있고 발은 땅바닥에 질질 끌렸다. 팔은 부러진 것처럼 맥없이 흔들렸다. 탸파까지 도와서 그들은 가까스로 선생을 널빤지에 눕힐 수 있었다. 선생은 온몸을 떨고 있었다.

"저는 같은 신문사에서 일하는 사람이에요. 선생님은 운이 나쁘셨어요. 제가 그랬죠. '저희 집에 계세요, 저는 괜찮으니까.' 그런데도 굳이 '집'으로 데려다 달라고 하셨어요. 선생님이 하도 고집을 피우셔서 이렇게 모셔왔어요. 그게 나을지도 모르겠다 싶어서요. 집이니까요! 그렇죠? 안 그런가요?"

"이 사람한테 다른 집이 있을 거라고 생각하오?"

쿠발다가 거칠게 물으며 친구를 내려다보았다.

"탸파, 가서 찬 물 좀 가져와."

"전 더 이상 필요 없을 것 같네요."

남자가 다소 혼란스러운 목소리로 말했다. 대위는 비난하듯이 그를 바라보았다. 그의 옷은 꽤나 반들거렸고 턱 밑까지 단추가 채워져 있었다. 바지는 올이 풀어지고, 오래돼서 누리끼리한 모자는 깡마르고 굶주린 그의 얼굴만큼이나 구겨져 있었다.

"필요 없소. 당신 같은 사람은 여기 많으니까."

대위가 돌아서며 말했다.

"그럼 안녕히 계세요."

남자가 문으로 걸어가더니 거기 서서 조용히 말했다.

"만약 무슨 일이라도 생기면 신문사로 좀 알려주세요. 제

이름은 리조프입니다. 짤막한 부음 기사라도 쓰게요. 정말이지 신문을 위해 열심히 일하신 분이에요."

"흐음, 부음 기사라 했소? 스무 줄에 40코펙하는? 그것뿐이겠소? 저 사람이 죽으면 다리 하나를 잘라서 보내 주겠소. 그게 부음 기사보다 더 이익일 거요. 적어도 사흘은 먹을 수 있을 테니. 저 사람 다리는 통통하기도 하니까. 당신들은 살아 있을 때도 저 사람을 잡아먹고 있었소. 그러니 죽은 다음에도 그렇게 하는 게 당연하지 않소?"

남자는 이상하게 코를 킁킁거리더니 사라졌다. 대위는 선생 곁의 나무판자 위에 앉아 손으로 그의 이마와 가슴을 어루만지며 외쳤다.

"필립!"

그 소리가 지저분한 여인숙 벽을 울리고는 사그라졌다.

"이건 바보짓이야!"

대위가 손으로 선생의 흐트러진 머리카락을 쓸어 올리며 나지막이 말했다. 그리고 가쁘면서 고르지 않은 그의 숨소리에 귀를 기울이더니 다시 홀쭉한 그의 잿빛 얼굴을 내려다보았다.

그는 한숨을 내쉬며 눈살을 찌푸리고 그를 바라보았다. 등불이 좋지 않았다. 불빛이 경련을 일으킨듯 떨렸다. 여인숙의 벽 위로 시커먼 그림자가 춤을 추었다. 대위는 그림자를 바라보며 수염을 쓰다듬었다. 탸파가 물병을 가지고 돌아와서 선생의 머리맡에 놓았다. 그가 선생을 일으켜 세우려는 듯 그의 말을 붙잡았다.

"물은 필요 없어."

대위가 머리를 가로저었다.

"하지만 선생님이 정신 들게 해야죠."

늙은 넝마주이가 말했다.

"아무것도 필요 없어."

대위가 단호하게 말했다.

그들은 말없이 앉아 선생을 바라보았다.

"나가서 술이나 마시세, 늙은 양반!"

"하지만 선생님은?"

"그런다고 무슨 소용 있나?"

탸파가 선생에게서 등을 돌렸다. 둘은 뜰로 나와서 친구들에게 다가갔다.

"무슨 일이에요?"

아베도크가 날카로운 코를 노인에게로 돌리며 물었다. 잠든 사람들의 코고는 소리와 보드카 따르는 소리가 났으며 부제가 뭐라고 중얼거렸다. 구름은 낮게 흘러가고 있었다.

너무나 낮아서 그 집의 지붕에 닿아 사람들 무리 위로 집을
쓰러뜨릴 것만 같았다.

"아! 누군가 가까운 사람이 죽어 가고 있을 때 사람은 서
글픈 법이야!"

대위가 고개를 떨어뜨리고서 더듬더듬 말했다. 아무도
대꾸하려 들지 않았다.

"우리 중에 가장 나은 사람이었어. 가장 똑똑하고 가장
존경할 만한 사람이었지. 선생이 불쌍해."

"성-령-의 품에 잠드소서. 노래해 봐, 꼽추야!"

부제가 친구의 옆구리를 찌르며 고함쳤다.

"그만해요!"

아볘도크가 화가 나서 벌떡 일어서며 소리쳤다.

"저놈 머리를 가만 두지 않겠어."

마르티야노프가 땅바닥에서 고개를 일으키며 거들었다.

"자네 안자고 있었나?"

아리스티드 포미치가 부드러운 목소리로 물었다.

"선생에 대해 들었나?"

마르티야노프가 땅바닥에서 느릿느릿 일어나더니 집 안
에서 새어나오는 불빛을 바라보았다. 그리고 고개를·가로
젓더니 조용히 대위 곁에 앉았다.

"뭐 별일 아니야. 선생이 죽어 가고 있어."

대위가 짧게 말했다.

"누가 때렸어요?"

아베도크가 궁금해 죽겠다는 듯 물었다.

대위는 아무 대답도 하지 않았다. 그는 보드카만 마셨다.

"우리가 뭔가 그의 죽음을 기려야 하지 않을까요?"

아베도크가 담배에 불을 붙이며 말을 이었다. 누군가는 웃음을 터트렸고 누군가는 한숨지었다. 대체로 아베도크와 대위의 대화는 그들의 관심을 끌지 못했다. 그들은 생각하는 것 자체를 싫어했고 언제나 대위를 이상한 사람으로 생각했다. 하지만 지금은 많은 수가 술에 취해 있고 그렇지 않은 사람은 슬퍼하거나 말이 없었다. 부제만이 갑자기 일어서더니 짐승처럼 울부짖었다.

"정의로운 자여, 고의 잠드소서!"

"이 바보 같으니!"

아베도크가 야유했다.

"도대체 뭐 때문에 야단이에요?"

"어리석은 놈!"

탸파도 거친 목소리로 말했다.

"사람이 죽어 갈 때는 조용히 있어야지. 그래야 평온하게 잠들지.”

다시 침묵이 내려앉았다. 흐린 하늘은 금방이라도 천둥
이 칠 것 같았고 땅은 가을밤의 짙은 어둠에 덮여 있었다.

“술이나 마시지.”

쿠발다가 잔을 채웠다.

“들어가서 뭐 필요하신 게 없나 봐야겠어요.”

탸파가 말했다.

“관이 필요하겠지!”

대위가 아무렇지도 않게 대꾸했다.

“그런 말 마세요.”

아베도크가 낮은 목소리로 애원하듯 말했다.

메테오르가 일어서서 탸파의 뒤를 따랐다. 부제도 일어
서려고 했으나 쓰러지면서 큰 소리로 욕을 했다.

탸파가 들어가자 대위는 마르티야노프의 어깨에 손을 얹
고 나지막이 말했다.

“여보게, 마르티야노프. 자넨 다른 사람들보다 더 잘 알
거야. 자네는…… 하지만 뭐, 빌어먹을. 필립이 불쌍하지
않나?”

“아뇨.”

왕년의 교도소장이 작은 목소리로 말했다.

“전 그런 감정 같은 거 없어요. 그보다 현명하거든요. 이 놈의 인생은 정말이지 지긋지긋해요. 제가 괜히 살인하고 싶다고 떠벌리는 게 아니에요.”

“그런가?”

대위가 잦아드는 목소리로 말했다.

“이봐, 한 잔씩 더 하세. 조금밖에 안 마신다는 건 우리답지 않잖아.”

다른 사람들이 깨어나기 시작했다. 심초프가 더없이 기쁜 목소리로 말했다.

“형제들이여! 누가 이 노인 양반한테 한 잔 따르겠는가!”

그들이 술을 한 잔 따라 그에게 주었다. 그 술을 들이켜고 그는 비틀거리며 다른 사람 위로 쓰러졌다. 잠시 동안 침묵이 이어졌다, 가을밤처럼 어두운 침묵이.

“뭐라고 했나?”

“좋은 분이셨어, 말없고 다정하신.”

누군가 나지막이 속삭였다.

“맞아. 그리고 돈도 있었어. 친구들한테는 마다 않고 돈을 주셨지.”

다시 침묵이 이어졌다.

“운명하시겠어요.”

대위의 머리 뒤에서 탸파가 거칠게 내뱉었다. 아리스티드 포미치는 흔들림 없이 여인숙으로 들어갔다.

"가지 마세요!"

탸파가 그를 말렸다.

"가지 마세요! 취하셨어요! 그러시면 안 돼요."

대위는 멈춰 서서 생각했다.

"그러면 대체 되는 건 뭔데? 빌어먹을!"

그가 탸파를 옆으로 밀어젖혔다.

방안의 벽에서는 그림자가 너울거리고 있었다. 마치 서로를 뒤쫓고 있는 것 같았다. 선생은 축 늘어진 채 널빤지 위에 누워 가르릉거렸다. 눈은 크게 벌려져 있고 옷이 벗겨진 가슴은 가쁘게 헐떡였다. 한쪽 입가에 거품이 일어난 그의 얼굴은 뭔가 아주 중요한 것을 말하고 싶으나 그럴 수 없는 것처럼 보였다. 대위는 뒷짐을 지고 서서 말없이 그를 내려다보았다. 그러더니 우스꽝스럽게 말하기 시작했다.

"필립! 뭐라고 말 좀 하게나. 친구한테 위로의 말 한 마디라도, 제발. 난 자넬 사랑하네, 형제. 모두 다 짐승들이야. 나한텐 자네밖에 없었어. 비록 술은 좀 마셨지만 말이야. 오호! 왜 술을 마셨나, 필립! 그게 자넬 망쳤는데! 그렇게 내 말을 듣고 좀 참았어야지. 내가 언젠가 그러지 않았나……."

죽음이라고 하는 신비하고도 거대한 존재는 이 술 취한 남자의 어둡고 비통한 고뇌에 모욕이라도 당했다는 듯 그 끔찍한 일을 빨리 끝내기로 작정했다. 선생이 깊게 숨을 내쉬고 온몸을 떨더니 힘없이 사지를 늘어뜨리며 숨을 거두었다. 대위는 몸을 앞뒤로 흔들며 서서 계속 그에게 말했다.

"보드카 좀 가져올까? 하지만 자넨 안 마시는 게 좋겠어, 필립. 참게나, 못 참겠으면 마시고! 자네가 뭣 때문에 참아야 하나? 뭣 때문에, 필립? 무엇 때문에?"

그는 그의 발을 붙잡고 가까이 잡아당겼다.

"잠들었나, 필립? 그렇다면 자게나. 잘 자, 내일 내가 다 설명해 줄 테니까. 그러면 자네도 참을 필요가 없다는 걸 알걸세. 더 자게나. 죽지만 않았다면 말이야."

그는 친구들에게로 돌아갔다. 한참 동안 정적이 흐른 후 그가 입을 열었다.

"저 사람이 죽었는지 살았는지 모르겠어. 난 좀 취했거든."

탸파가 평소보다 고개를 더 숙이고서 경건히 성호를 그었다. 마리티야노프는 주저앉더니 땅바닥에 드러누웠다. 아베도크가 가만가만 움직이며 작고 심술궂은 목소리로 말했다.

"모두 지옥에나 가라고! 죽는다고? 죽는 게 뭔데? 뭣 때문
에 걱정해야 돼? 뭣 때문에 그런 걸 지껄여야 해? 내가 죽으
려면 아직 멀었는데…… 난 남들보다 나쁜 놈이 아니야."

"맞는 말이야."

대위가 큰 소리로 말하며 땅바닥에 쓰러졌다.

"우리도 남들처럼 죽는 날이 오겠지. 하! 하! 우리는 어떻
게 살까? 그건 아무것도 아냐. 하지만 우리도 남들처럼 죽
을 거야. 그게 인생의 끝이라구. 그걸 명심해. 사람은 결국
죽게 돼 있어, 죽는다구. 그럴 거라면 어디서 어떻게 죽든,
어떻게 살든 무슨 상관이야? 그렇지 않나, 마르티야노프?
그러니 술이나 마시자구, 아직 살아 있을 때."

비가 내리기 시작했다. 술에 취하기도 하고 잠이 들기도
해서 땅바닥에 흩어져 있는 몸체들 위로 짙은 어둠이 뒤덮
였다. 여인숙 창문의 불빛이 깜빡거리면서 희미해지더니
갑자기 사라졌다. 바람이 휙 몰아쳤거나 기름이 떨어진 모
양이었다. 여인숙의 양철 지붕 위로 떨어지는 빗방울 소리
가 스산하게 들렸다. 마을이 자리 잡고 있는 산 위로부터
교회의 종지기가 울리는 종소리가 들렸다. 종루에서 만들
어진 청동 소리가 어둠 속으로 울려 퍼지며 잦아들었다. 마
지막 종소리가 희미해져 갈 무렵 또다시 종소리가 들려 왔

다. 그렇게 뎅그렁 뎅그렁 울리는 우울한 종소리에 지루한 침묵이 깨지곤 했다.

　다음날 아침, 탸파가 가장 먼저 잠에서 깼다. 그는 등을 땅에 대고 누워서 하늘을 바라보았다. 그의 구부러진 목은 그런 자세일 때에야 비로소 머리 위의 구름을 볼 수 있었다.
　오늘 아침 하늘은 온통 회색빛이었다. 거기 걸려 있는 차갑고 축축한 새벽안개는 해를 꺼트려 버릴 것처럼 짙었다. 그 뒤에 알 수 없는 거대함을 숨기고서 땅 위로는 의기소침하게 만드는 습기를 쏟아 부었다. 탸파는 성호를 긋고 나서 팔꿈치로 괴고 몸을 일으켜 남은 보드카가 없는지 주위를 둘러보았다. 술병은 있었지만 비어 있었다. 친구들 위로 지나면서 그는 술이 조금 들어 있는 병을 발견하고 얼른 뚜껑을 열어 마셨다. 그리고는 옷소매로 입술을 훔치고 대위를 흔들어 깨웠다.
　대위가 고개를 들어 슬픈 눈으로 그를 바라보았다.
　"경찰에 알려야 해요. 일어나세요."
　"뭘 말야?"
　졸린 듯 아니면 화난 듯 대위가 물었다.
　"무슨 말씀이세요? 운명하시지 않았나요?"

"누구 말야?"

"선생님요."

"필립 말야? 그랬었지!"

"잊어버리셨어요? 세상에나!"

탸파가 거칠게 말했다. 대위는 일어서더니 하품을 하고
는 뼈가 으스러져라 기지개를 켰다.

"자, 어서 가서 알리세요."

"난 안 가. 난 경찰이 싫어."

대위가 뚱하니 말했다.

"그럼 부제를 깨우세요. 저라도 가겠어요."

"좋아! 부제, 일어나!"

대위가 여인숙으로 들어가서 선생의 발치에 섰다. 죽은
사람이 사지를 늘어뜨리고 누워 있었다. 왼손은 가슴 위에
얹혀 있고 오른손은 누군가를 때리려는 듯이 오므리고 있
었다.

선생이 지금 일어나면 팔타라 타라스만큼 크겠다고 대위
는 생각했다. 그는 죽은 자의 옆에 앉아 한숨을 쉬며 그들
이 지난 3년 동안 동고동락했다는 사실을 깨달았다. 그때
탸파가 곧 뭔가를 들이받으려는 양처럼 목을 꺾고서 안으
로 들어왔다.

그는 조용하고도 진지하게 선생의 시체 맞은편에 앉아 말없는 검은 얼굴을 내려다보며 흐느끼기 시작했다.

"이렇게 돌아가시다니. 저도 곧 죽을 거예요."

"아직 멀었잖아."

대위가 침울하게 말했다.

"그래요."

탸파가 인정했다.

"대위님도 언젠간 죽을 거예요. 뭐라도 이것보단 나아요."

"그렇다면 죽음이 나쁘단 말야? 자네가 어떻게 알아?"

"나쁘고말고요. 죽으면 하느님하고만 상대해야 하잖아요? 하지만 여기선 사람을 상대해야 해요. 사람…… 그들이 뭔가요?"

"그만! 조용히 해!"

쿠발다가 화가 나서 중단시켰다.

여인숙을 감싸고 있던 새벽어둠 속에 다시 한 번 비장한 적막이 감돌았다. 두 사람은 한참 동안 말없이 죽은 친구의 곁에 앉아 있었다. 그들은 친구를 바라보려고 하지 않은 채 생각에 빠져들었다. 그때 탸파가 물었다.

"매장하실 거예요?"

"내가? 아냐, 경찰한테 맡길 거야."

"선생님 몫으로 바빌로비치한테서 돈을 받으셨잖아요. 모자라면 제가 좀 드릴게요."

"그 사람 돈이 있기는 하지만…… 내가 묻지는 않을 거야."

"그건 옳지 않아요. 죽은 사람 돈을 훔치는 거라구요. 선생님 돈을 가로채려 하신다고 다 말해 버리겠어요."

탸파가 그에게 엄포를 놓았다.

"당신은 몰라, 이 늙은 악당!"

쿠발다가 경멸하듯이 말했다.

"전 바보예요. 하지만 그건 옳지 않아요. 친구답지 않다구요."

"그만해! 꺼져 버려!"

"돈이 얼마나 돼요?"

"16루블."

쿠발다가 멍하니 말했다.

"그렇군요! 저에게 주세요."

"이 늙은 불한당!"

탸파의 얼굴을 쏘아보며 대위가 욕을 했다.

"뭐가 어때서요? 어서 주세요."

"지옥에나 떨어져라! 이 돈으로 기념비를 세울 거란 말야."

"뭣 때문에 선생님이 그걸 원하겠어요?"

"묘석하고 지지대를 살 거야. 풀밭 위에 묘석을 놓고 튼튼한 쇠줄로 지지대를 연결할 거라구."

"왜요? 수 쓰시는 거죠?"

"됐어. 이건 당신이 참견할 일이 아냐."

"조심하세요! 다 말해 버릴 테니까."

타파가 또 협박했다.

아리스티드 포미치는 침통하게 그를 바라보더니 아무 말도 하지 않았다. 또다시 그들은 침묵 속에 앉아 있었다. 죽은 사람을 옆에 두고 있을 때의 침묵은 신비로움으로 가득 차 있었다.

"들어 보세요, 누가 와요!"

타파가 일어서서 밖으로 나갔다.

문 앞에 의사와 그 지역 경감과 검시관이 모습을 드러냈다. 세 사람이 차례로 들어와서는 죽은 선생을 살펴보더니 쿠발다에게 미심쩍은 눈초리를 보냈다. 그는 거기 그대로 앉아 그들을 본체만체했다. 마침내 경감이 그에게 물었다.

"사인이 뭡니까?"

"본인한테 물어 보시오. 빌어먹을 인생이 명을 재촉한 것 같소."

"뭐라구요?"

검시관이 물었다.

"견디지 못할 병 때문에 죽었다구요."

"흠, 알았어요. 오래 앓았나요?"

"그 사람 좀 들어내 갑시다, 제대로 볼 수가 없어요."

의사가 우울한 목소리로 말했다.

"아무래도 뭔가……."

"자, 여기 누구한테 저 사람 좀 들어내 가라고 하시오."

경감이 쿠발다에게 명령했다.

"당신이 직접 가서 말하시오! 난 여기 둬도 상관없으니까."

대위가 냉담하게 대꾸했다.

"원 이거!"

경감이 사나운 얼굴로 말했다.

"체!"

쿠발다는 그 자리에서 꼼짝하지 않고 이를 부득부득 갈
며 응수했다.

"빌어먹을!"

경감이 소리쳤다. 어떻게나 화가 났는지 피가 온통 얼굴
로 몰렸다.

"후회하게 될 거요, 두고 보시오!"

"안녕하세요, 신사분들!"

그들도 한때는 인간이었다

상인 페투니코프가 즐거운 미소와 함께 문 앞에 모습을 드러내며 인사했다.

그는 주위를 둘러보고는 몸을 떨었다. 그리고 모자를 벗고 성호를 그었다. 그의 얼굴 위로 거만하고 교활한 미소가 스쳐 지나갔다. 그는 대위를 바라보더니 정중히 물었다.

"무슨 일이에요? 살인이라도 났나요?"

"그렇습니다. 뭐 그 비슷한 일이에요."

검시관이 대답했다.

페투니코프가 깊게 한숨을 내쉬더니 다시 성호를 그었다. 그리고 성난 목소리로 말했다.

"오, 저런! 내가 그럴 줄 알았다니까요. 이렇게들 꼭 오시게 만든다니까. 아, 아! 신이시여, 굽어 살피소서. 이 사람한테 집을 빌려 주지 않으려고 수천 번도 더 거절했는데 자꾸만 졸라대잖아요. 전 사실 두려웠거든요. 있잖아요, 이 사람들 정말 무서운 사람들이에요. 그러니 그냥 놔두는 게 좋을 거예요. 안 그러면……."

그는 손으로 얼굴을 가리더니 수염을 잡아당기며 또다시 한숨을 내쉬었다.

"정말 위험한 사람들이에요. 여기 이 사람이 대장이에요, 도둑놈들의 우두머리."

"우리가 정신 좀 나게 할 거요!"

경감이 복수심에 찬 눈빛으로 대위를 바라보며 다짐했다.

"좋아, 형제. 우린 오래 전부터 당신들 친구잖아."

쿠발다가 짐짓 다정스러운 목소리로 말했다.

"당신 입을 막으려고 내가 돈을 준 게 몇 번이지?"

"이보시오!"

경감이 소리쳤다.

"저 사람 하는 소리 들었어요? 선생이 증언 좀 해주셨으면 좋겠네요. 오오! 당신 정말 가만 두지 않겠어, 명심하라구!"

"그건 그때 가봐야 알지. 안 그렇나, 친구?"

아리스티드 포미치가 말했다.

경감이 그에게 덤벼들고 싶은 마음을 겨우 참고 있는 동안 안경을 쓴 젊은 의사가 의심스러운 눈빛으로 대위를 바라보았다. 검시관도 좋지 않은 시선으로 바라보았다. 페투니코프는 승리감을 느꼈다.

마르티야노프의 시커먼 모습이 눈앞에 나타났다. 그는 조용히 안으로 들어와 페투니코프 뒤에 섰다. 그의 턱이 상인의 머리에 닿을 듯했다. 그 뒤에는 부제가 서서 붓고 충혈된 작은 눈을 끔뻑였다.

"어떻게 좀 해봅시다."

의사가 말했다. 마르티야노프가 잔뜩 얼굴을 찡그리더니
페투니코프의 머리에 대고 재채기를 했다. 상인이 외마디
비명을 지르며 얼른 주저앉았다. 그리고 옆으로 펄쩍 뛰어
올라 경감을 쓰러뜨리다시피 하며 그의 팔에 안겼다.

"보셨죠?"

놀란 상인이 마르티야노프를 가리키며 말했다.

"이자들이 어떤 사람들인지 아시겠죠?"

쿠발다가 웃음을 터트렸다. 의사와 검시관도 웃고 있었
다. 문 앞의 사람들 숫자가 점점 늘어났다. 얼굴은 붓고 눈
은 붉게 충혈 됐으며 머리카락은 헝클어질 대로 헝클어진
채 졸린 모습으로 그들은 의사와 검시관과 경감을 무례하
게 쏘아보았다.

"어딜 들어오려고?"

문 앞을 지키고 서 있던 경찰관이 이렇게 말하며 그들의
누더기 옷을 붙잡고 옆으로 밀어젖혔다. 하지만 그는 혼자
고 상대는 여럿이었다. 그들은 아무렇지도 않게 안으로 들
어가서는 보드카 냄새를 풍기며 악마의 화신들처럼 말없이
서 있었다.

쿠발다가 그들을 바라보다 공무원들을 보았다. 그들은 막
무가내로 들어오는 부랑자들에게 화가 난 것 같았다. 대위가

웃으며 말했다.

"신사분들, 여기 제 친구들하고 인사하지 않을래요? 싫으세요? 하지만 싫든 좋든 일을 보다 보면 언젠가 이 친구들하고 인사할 날이 올 거요."

의사가 약간 당황해 하며 미소 지었고 검시관은 입술을 굳게 다물었다. 경감은 이제 가야 할 시간이라는 걸 깨달았다. 그래서 이렇게 소리쳤다.

"시데로프, 호루라기를 불어! 마차를 이리 대라고 해."

"전 이만 가겠습니다."

페투니코프가 한쪽 구석에서 나오며 말했다.

"오늘 치우시는 게 좋을 거예요, 경감님. 이 소굴을 헐어 버릴 작정이거든요. 저리 비켜! 안 그러면 경찰관님께 말할 거야."

경찰관의 호루라기 소리가 온 마당에 울렸다. 여인숙의 문 앞에는 그곳 거주자들이 우르르 몰려서서 하품을 하거나 몸을 긁적이고 있었다.

"그러니까 인사하고 싶지 않으시다구요? 이런 무례할 데가!"

아리스티드 포미치가 비웃었다.

페투니코프가 주머니에서 지갑을 꺼내더니 5코펙짜리 동전 두 개를 꺼냈다. 그리고 그것을 죽은 사람의 발치에

던지고는 성호를 그었다.

"신이여, 자비를 베푸소서! 죄 많은 자의……."

"뭐야!"

대위가 고함쳤다.

"당신이 장례를 위해 돈을 내? 당장 집어넣지 못해, 이 도둑놈아! 감히 어떻게 정직한 자의 무덤에 훔친 돈을 던질 수 있어? 당장 찢어 죽이고 말겠어!"

"경감님!"

겁에 질린 상인이 경감을 향해 소리치며 그의 팔을 붙잡았다. 의사와 검시관도 옆으로 펄쩍 뛰었다. 검시관이 소리쳤다.

"시데로프, 이리 오게!"

'한때는 인간이었던 동물들'은 벽을 따라 빙 둘러서서 호기심어린 눈으로 지켜보았다. 그것이 그들의 피로하고 지친 몸에 새로운 활기를 불어넣었다.

쿠발다는 페투니코프의 얼굴을 향해 주먹을 휘두르며 마치 야수처럼 포효했다.

"깡패, 도둑놈아! 돈 당장 집어넣어! 더러운 벌레! 집어넣으라니까. 안 그러면 네 목구멍에다 쑤셔 넣을 거야. 저 돈 당장 집어넣어!"

페투니코프가 그 푼돈을 향하여 떨리는 손을 내밀었다. 다른 손으로는 쿠발다의 주먹에 맞지 않으려고 머리를 감싸 쥐고 말했다.

"똑똑히 보셨죠? 경감님? 그리고 선량한 여러분들도요!"

"우리는 선량한 사람들이 아니오, 장사꾼 양반!"

아베도크가 분에 겨워 부르르 떨며 말했다.

경감이 한 손으로는 페투니코프의 머리를 가리고 다른 손으로 호루라기를 붙잡고 세차게 불었다. 상인은 마치 그의 뱃속으로 들어가려는 것처럼 경감 앞에 몸을 굽히고 있었다.

"더럽고 쓸모없는 놈! 기어이 네놈이 망자의 발에 입 맞추게 하겠어. 그럼 기분이 어떨 것 같냐?"

그러더니 쿠발다는 페투니코프의 목을 잡고 마치 고양이를 다루듯이 그를 문 밖으로 내동댕이쳤다.

'한때는 인간이었던 동물들' 패거리는 재빨리 옆으로 비켜서며 상인이 쓰러지게 놔두었다. 상인은 그들의 발밑으로 쓰러지며 사납게 소리 질렀다.

"살인이요, 살인! 도와줘요."

마르티야노프가 천천히 발을 들어 올리더니 상인의 머리를 힘차게 내리밟았다. 아베도크는 히죽거리며 그의 얼굴에 침을 뱉었다. 상인은 손발로 기어가더니 마당 위에 쓰러졌다. 그것을 보고 모두가 웃음을 터트렸다. 하지만 두 명의 경찰관이 도착하자 경감이 쿠발다를 가리키며 거만하게 말했다.

"저자를 체포해. 손과 발을 묶도록 하고."

"그럴 필요까지야! 난 도망가지 않아. 당신이 원하는 곳이라면 어디든지 갈 거야."

쿠발다가 이렇게 말하며 옆에 바싹 달라붙어 있는 그들에게서 몸을 뺐다.

'한때는 인간이었던 동물들'은 한 사람 한 사람씩 사라졌다. 마차가 마당 안으로 들어왔다. 누더기옷의 어떤 사람들이 죽은 자의 시체를 밖으로 내왔다.

"버릇을 고쳐놓겠어! 두고 봐!"

경감이 쿠발다를 위협했다.

"이젠 기분이 어떠셔, 대장님?"

페투니코프가 악랄하게 물었다. 원수가 묶여 있는 것을 보니 신나고 즐거운 모양이었다.

"이제야 임자 만난 것 같지 않아? 어? 맛 좀 봐라."

하지만 쿠발다는 아무 말도 하지 않았다. 그는 이상스레 경찰관 사이에 말없이 서서 선생의 시체가 마차에 실리는 것을 바라보았다. 시체의 머리를 들고 있는 사람은 키가 아주 작아서 다리 쪽과 동시에 시체를 마차 위에 올릴 수가 없었다. 한순간 시체는 마치 땅바닥으로 고꾸라지듯 매달려 있었다. 그렇게 땅 밑으로 사라질 것처럼, 땅 위의 평화를 깨는 이 어리석고 사악한 훼방꾼들로부터 도망치려는 것처럼.

"데려가!"

경감이 대위를 가리키며 명령했다.

쿠발다가 아무런 반항 없이 순순히 앞으로 걸으며 선생의 시체가 실려 있는 마차 곁을 지나쳤다. 그는 시체를 바라보지 않은 채 그 앞에서 고개를 숙였다. 마르티야노프가 이상한 얼굴로 그의 뒤를 따랐다. 상인 페투니코프의 마당은 어느새 비어 있었다.

"자, 갑시다."

마부가 채찍으로 말을 때리며 말했다. 마차가 울퉁불퉁한 마당 위로 움직이기 시작했다. 선생은 더러운 천 조각에 덮여 있었는데 그 밑으로 그의 배가 튀어나와 보였다. 여인숙을 떠나게 되어서, 영영 돌아오지 않아도 되어서 말없이 웃고 있는 것처럼 보였다. 눈으로 그를 뒤쫓고 있는 페투니코프는 성호를 긋더니 옷에서 먼지와 잡티를 털어냈다. 몸

을 흔들면 흔들수록 신나고 만족스러운 기분이었다. 그는
붉은 띠를 두르고 회색 모자를 썼으며 팔은 등 뒤로 묶여
끌려가는 큰 키의 아리스티드 포미치 쿠발다를 바라보았
다.

페투니코프는 정복자의 미소를 띠고 다시 여인숙으로 갔다.
그런데 갑자기 누군가 그를 가로막았다. 그는 겁에 질려 몸
을 떨었다. 문 앞에 어떤 노인이 손에 막대기를 들고 등에
커다란 자루를 멘 채 그를 바라보고 있었던 것이다. 넝마
같은 누더기 옷이 앙상한 몰골을 가리고 있는 끔찍한 노인
이었다. 노인은 짐이 무거워서인지 등을 구부리고 턱은 상
인을 받으려는 것처럼 가슴께까지 끌어당기고 있었다.

"당신 뭐야, 누구냐니까?"

페투니코프가 소리쳤다.

"인간이야."

그가 거칠게 대답했다. 이 거친 어조가 페투니코프를 진
정시키고 기쁘게 했다. 그는 미소 짓기까지 했다.

"인간이라! 당신 같은 인간도 있나?"

그는 옆으로 비켜서며 노인이 지나가도록 했다. 그가 걸
어가며 천천히 말했다.

"인간도 여러 종류가 있지, 신의 의지만큼이나. 나보다

나쁜 인간도 있어. 훨씬 더 나쁜, 정말이야.”

　지저분한 마당 위로, 뾰족한 수염을 달고 말쑥하게 차려입은 한 남자 위로 흐린 하늘이 말없이 걸려 있었다. 남자는 이리저리 걸으며 발걸음과 날카로운 눈빛으로 길이를 재고 있었다. 오래된 그 집의 지붕 위로 까마귀 한 마리가 내려앉아 머리를 앞뒤로 흔들며 깍깍 울었다. 온통 하늘을 가리고 있는 잿빛 구름 속에는 뭔가 혹독하고 무자비한 것이 숨어 있었다. 잔뜩 몰려온 구름은 마치 이 불행하고 고통스럽고 슬픔에 가득 찬 땅 위에서 모든 더러움을 씻어내려 하는 것 같았다.

〈끝〉

G. K. 체스터턴*

우리가 소위 근대 종교라 칭하는 수많은 목소리들이 사실은 단순하고도 심지어 야만스럽다고까지 할 수 있는 국가들에서 울려나왔다는 사실은 매우 흥미로운 일이다. 노르웨이는 위대한 고전극이나 고대 낭만극은 없지만 위대한 사실주의 문학이 있다. 러시아 또한 그 나라의 고대 소설을 한 번도 접한 적이 없는 우리에게 근대 소설의 맛을 느끼도록 해준다. 월터 스콧*없이도 로버트 기싱*을 만들어 낸 것이다.

가장 슬프고도 과학적인, 가장 섬뜩하면서 또한 분석적

인, 진실로 근대적이라고 부를 수 있는, 이런 것 모두가 신선하면서 한 번도 경험된 적이 없고 완전히 알 수가 없는 그들의 민족성에서 나온다. 유아적인 국민들로부터 가장 연장자의 목소리가 울려나온다. 이러한 모순성은 다른 많은 모순들처럼 먼저 일단 단순히 사실로 받아들여야 한다. 만약 우리가 정직하고 훌륭한 비평가라면 왜 사물들은 그 자체에 모순을 가지는지 설명하고자하기 이전에 먼저 사물들은 그 자체 안에 모순성을 갖고 있다는 전제를 받아들여야 한다.

우리가 지금 말하고 있는 경우에 대해서도 그럴 듯하게 설득력 있는 많은 설명들이 있을 수 있다. 예를 들면 우리 근대 유럽은 이제 완전히 지쳐 버렸기 때문에 지쳤다는 표현조차도 원기왕성하게 해내기 어렵게 된 것이라고 설명할 수 있을 것이다. 즉, 모든 국가들이 지쳐 있다는 것이다. 그래서 그 중 가장 대담하고 씩씩한 자가 그나마 자신이 지쳤다고 표현해 낼 수 있다는 설명이다.

아니면 노르웨이의 입센*이나 러시아의 고리키만이 회의주의를 진심으로 신봉하는 유일한 사람으로 남아 있는 것이라고 해석할 수 있을 것이며 그들만이 고대 염세주의 축제에서 신나게 즐기고 마셔댈 수 있는 원초적인 정신을 풍부하게 지닌 인물들이기 때문이라고 말할 수도 있을 것이다. 이것들은 문제에 대한 가설이나 해석이 될 수 있다. 전 유럽인들이 이런 설명에 공감할 것이고 또한 유럽인들만이 이것들을 생각할 수가 있다. 그러나 많은 다른 해석도 가능하다. 유럽 문명의 극가장자리에 위치해 온 러시아나 노르웨이같이 거의 야만에 가까운 나라들에는 전 시대를 걸쳐서 그들 속에 어떤 근원적인 침울함이 존재한다는 설명이다. 우리에게 침울함과 비애감은 근대적인 감정이라고 보이는데 그들에게는 고대에서부터 항상 지속되어 왔을 가능성이 높다. 우리가 진지하게, 그리고 갑작스럽게 과학 교과서나 철학 잡지를 통해 발견하게 된 것들을 그들은 수천 년 전에 짙푸르고 무자비한 삼림 속에서 인간을 희생 재물로 바치고 어둠 속에서 그들의 신에게 울부짖었을 때 이미 경험했을 가능성도 높다.

그들의 회의주의는 단지 이교도 신앙일 수 있을 것이다. 그들의 이교도 신앙은 고대에서처럼 단지 악마 숭배이다. 분명 쇼펜하우어*는 노예제와 마귀 숭배가 만연하던 나라에 있지 않았다면 여성에 대한 그런 소름 끼치는 에세이를 쓸 수는 없었을 것이다. 혹은 지금의 현대성이 우리 모두를 한꺼번에 기만하여 현재 통용되는 과학 전문 용어 같은 것들로 온통 덮어 버려서 과학이나 문명 이전에 존재했던 것을 숨겨 버리고 있는 것인지도 모른다. 그들은 스스로 결정론자라고 얘기하지만, 사실 그들은 여전히 운명을 다스리는 여신 노른*을 숭배하고 있는 것일지도 모른다. 그들은 혐오스럽고 비인간적인 장면을 표현하면서 예술 혹은 진실이라는 이름을 내세우지만, 설명할 수 없는 선사 시대의 어떤 이방신을 피와 폭력을 써서 달래기 위해 하는지도 모른다.

이전에 언급했던 가설들과 마찬가지로 이 가설들도 논쟁의 소지가 있고 하나의 제안에 불과한 것이다. 그러나 이 문제에서 어떤 경우에도 받아들일 수 있는 포괄적인 진실 하나가 있다. 러시아와 같은 나라는 혁명가들이 혁명을 일으킬 수 있게 하는 고유한 자질을 영국이나 미국 같은 나라들보다 훨씬 더 많이 지닌 국가라는 점이다. 문명이 고도로 발달하고 도시화 된 공동체일수록 진보, 발전이라고 불리는 것을 이루려는 경향이 있다. 이것은 모든 사회 영향력 중 가장 조심스럽고도 보수적인 것이다. 충성스런 러시아인들은 그들이 황제를 기억하고 황제의 중요성을 알기 때문에 황제에게 복종한다. 불충스런 러시아인들은 그들 또한 황제를 기억하고 황제를 목베어야할 필요를 알기에 황제를 배반한다. 하지만 충성스런 영국인들은 그들이 이전에 자신들도 지배 계급이었던 사실을 망각했기에 지배 계급에 충성한다. 지배 계급의 조작은 그들에게 마치 햇빛이나 중력처럼 자연스럽게 느껴진다. 그리고 불충스런 영국인은 존재하지 않는다. 영국에 혁명가는 존재하지 않는다. 왜냐하면, 영국의 과두 정치체계는 보이지 않을 정도로 완벽하기 때문이다. 무엇이든지 일단 그 본래 성질이 망각되면 그것은 자체로서 전지 전능성을 발휘하게 된다.

고리키는 탁월하게도 러시아인이다. 즉, 그는 혁명가이다. 러시아인 대부분이 혁명가라는 뜻은 아니고(나는 그들이 혁명가라고 생각지 않는다) 러시아인들은 실제로 거의 모두가 혁명을 가능하게 하고 종교를 가능하게 하는 정신을 가지고 있다는 뜻이다. 근본적이면서 독단적인 확신을 가진 태도 말이다. 혁명가가 되려면 먼저 계시론자가 돼야 한다. 세계나 국가에 대한 어떤 이론의 무오성(無汚性)을 신봉해야만 한다. 하지만 소위 진보 사상의 영향력 아래 놓인 나라에서는 지금껏 잘못된 것에 대한 극적인 수정은 있어 본 적이 없다. 그리고(진보 사상이 영향력을 잃지 않는 한) 그런 일은 앞으로도 없을 것이다. 이들 나라에는 혁명이 없다.

열등하고 대체로 허구에 불과한 소위 진보라는 것으로 인
내해 나갈 뿐이다.

　다른 러시아 명작들처럼 고리키 작품의 중요성은 우리 서
구인들이 매우 구식이라고 생각하는 단순성과 우리가 아주
근대적이라고 생각하는 반체제성 사이의 예리한 접촉에 있
다. 우리같이 변화되고 우아해져 버린 문명에서는 러시아
전제주의의 전말을 다 이해할 수 없다. 단지 희미하게나마
그의 이야기를 통해 잃어버린 연결 부분을 찾기도 하고 처
음을 이해해 보기도 하는 것이다. 우리는 그의 외로운 외침
을 듣는다. 하지만 그의 항거가 정부 정치체계에 반대하는
최초의 전제주의자의 항거인지, 아니면 문명에 반대하는
마지막 미개인의 항거인지 확실히 알 수는 없다. 오랜 세월
과 정치에 대한 냉소주의, 또는 정치에 대한 필요성이 가져
다 준 잔혹성은 고리키가 그리고 있는 민족에게 큰 짐을 지
웠다. 하지만 시간은 포플러나 웨스트햄 지역 사람들에게
주지 않았던 것을 그들에게 남겼다. 분명히 그들에게는 자
신들을 에워싸고 있는 비참함을 볼 수 있는 명확하고 아이
같이 정직한 힘을 허락했다. 고리키는 방랑자이면서 국민
의 한 사람이었고 비평가이며 신랄하게 꼬집는 사람이었

다. 불쌍한 서구인들은 문학에서 표현될 때 항상 감상주의
자이거나 거의 모두 낙관론자이다.

　고리키가 그의 작품「그들도 한때는 인간이었다」에서 묘
사하고 있는 사람들은 서구인들의 눈에는 어린아이같이 유
치하다는 게 과장이 아니다. 사실 그들은 경험과 죄악으로
왜곡되고 상처입어 왔다. 그러나 이것은 그들을 불쌍한 아
이, 거만한 아이, 당황한 아이들로 만들기에 충분한 것이었
다. 서구 유럽에서처럼 그렇게 오래도록 안전한 정권이 편
안하게 존재할 수 있도록 만들어 준 경우나 주문처럼 긴 회
유에 속아 넘어가게 된 지경에 이르는 것과는 전적으로 다
르다. 그들은 굶주림을 '경제적 억압'이라고 부르지 않는
다. 굶주림이라고 부른다. 그들은 부자들을 '부의 집중의
본보기'라고 말하지 않는다. 부자들을 부자라고 부른다.
이러한 솔직하고 다소 지루한 표현은 러시아 작가 중 가장
최근의, 어떤 면에서 가장 근대적이며 지적인 작가인 고리
키의 특징이다. 그것은 또한 톨스토이나 그의 생각을 공유
한 작가의 특징이기도 하다. 이 소설의 제목도 이런 솔직한
통찰력을 대변한다. 데일리 텔레그래프지에 장문의 편지를
기고한 한 자선가는 빈민가 주민에 대해서 '그들의 퇴행은

거의 인간 형상의 한계를 벗어나는 것이다'고 말하고 우리
는 빅토리아 여왕의 미덕이나 하원의 위엄에 대한 인용을
함께 보며 어설픈 동의를 마음에 품고 전체 기사를 읽는다.
　이 러시아 소설가는 싸구려 여인숙을 묘사하는 장면에서
'한때는 인간이었던 동물'을 언급한다. 그러면 우리는 관
심을 갖고 보다가 이것은 끔찍한 옛날이야기일 뿐이라고
생각한다. 이 소설은 그 안에 파멸, 실패, 고대 시기에 대한
연구를 담고 있기 때문에 러시아 관례에 대한 선례를 보여
준다고 할 수 있다. 비록 작가가 진부한 것조차도 신선하게
다루려 애쓰고 어둡고 사악한 경험으로 충혈된 눈으로 세
상을 보기는 하지만, 그는 자신의 눈으로 어린아이같이 솔
직함을 가지고 바라본다. 이 모든 것을 통해 흥미로운 러시
아인들의 생각이 보인다. 즉 개인은 단지 인간이라는 것이
다. 만약 러시아인들이 민주주의자였다면 세상에서 가장
민주적인 민주주의를 만들 그러한 인간이라는 것이다. 〈그
들도 한때는 인간이었다〉의 솔직한 결론에서 다음을 인용
한다.

　페투니코프는 정복자의 미소를 띠고 다시 여인숙으로 갔
다. 그런데 갑자기 누군가 그를 가로막았다. 그는 겁에 질려

몸을 떨었다. 문 앞에 어떤 노인이 손에 막대기를 들고 등에 커다란 자루를 멘 채 그를 바라보고 있었던 것이다. 넝마 같은 누더기 옷이 앙상한 몰골을 가리고 있는 끔찍한 노인이었다. 노인은 짐이 무거워서인지 등을 구부리고 턱은 상인을 받으려는 것처럼 가슴께까지 끌어당기고 있었다.

"당신 뭐야, 누구냐니까?"

페투니코프가 소리쳤다.

"인간이야."

그가 거칠게 대답했다. 이 거친 어조가 페투니코프를 진정시키고 기쁘게 했다. 그는 미소 짓기까지 했다.

"인간이라! 당신 같은 인간도 있나?"

그는 옆으로 비켜서며 노인이 지나가도록 했다. 그가 걸어가며 천천히 말했다.

"인간도 여러 종류가 있지, 신의 의지만큼이나. 나보다 나쁜 인간도 있어. 훨씬 더 나쁜, 정말이야."

인간성의 실추를 묘사한 바로 이 장면에서 고리키는 소외감과 함께 우리 같은 복잡한 문명 세계에서 흔하게 부재하는 인간의 중요한 가치를 표현한다. 유감스럽지만 어떤 서구인도 자신이 누구인가 하는 질문을 받았을 때 '인간이요'라고 대답할 자는 아무도 없을 것이다. 그는 리딩시에서 온 미장이일 수도 있고 랭커셔의 일터에서 쫓겨난 연철기술자일 수도 있다. 아니면 5실링의 대부금에 극진히 감사해 하는 대학생일 수도 있을 것이다. 혹은 다른 장성과 나누었던 얘기를 몰랐더라면 그런 지원서는 쓰지 않아도 됐을 브라이턴시에 살고 있는 중장의 아들일 수도 있을 것이다.

우리에게 그 질문은 다양한 종류의 인간에 대한 질문이 아니다. 우리에게 종류란 거의 서로 다른 동물을 뜻하는 것이다. 고리키의 모든 미신적인 회의론과 야만성에도 불구하고 이러한 껍데기만 있는 모습은 그에게 있어서 인간성의 실추이며 단지 큰일 날 안타까운 일이 아니라 가장 중요하고도 이해하기 힘든 명백한 인간성의 실추이다. 인간과 짐승의 경계는 모든 종교에서 난해한 핵심 요소 중의 하나이다. 그리고 종료의 다른 난해한 부분과 마찬가지로 그것은 난해하면서도 상식적인 인간의 주된 정서와 일치하기도 하는 것이다. 신학 이론들이 그 경계는 교차될 수 없다고 설명할 때 우리는 인간과 동물 사이의 깊은 골을 경험한다. 하지만 철학자들이나 상상력이 풍부한 작가들이 그 경계는 허물어질 수 있다고 주장할 때에도 똑같은 만큼의 차이를 이번에는 원초적인 공포감을 지니고 경험한다. 만약 어떤 사람이 이것이 사실인지 아닌지 알기를 원하고 이제는 그가, 인간과 짐승 사이의 경계는 단지 상대적이고 진화적인 것일 따름임을 알게 됐다고 말한다면 스스로에게 다음의 경악스러운 문구를 들려주도록 해보라.

'한때는 인간이었던 동물들.'

G. K. 체스터턴 Gilbert Keith Chesterton [1874-1936]

영국의 소설가, 평론가. 기발한 착상과 역설적인 논봉으로 알려졌으며 가톨릭 신부 브라운을 주인공으로 한 백여 편의 탐정 소설이 있다.

월터 스콧 경 Sir Walter Scott [1771-1832]

영국 작가, 역사 소설의 창시자이다. 「아이반호」를 쓴 대문호이다.

조지 로버트 기싱 George Robert Gissing [1857-1903]

영국의 소설가. 실생활의 불행한 경험으로 주로 음울한 기운의 작품을 썼다. 만년에 자서전적인 「헨리 라이크로프트의 수기」에서 격조 높은 걸작을 보였다.

헨리크 입센 Henrik Ibsen [1828-1906]

노르웨이의 시인, 극작가. 「인형의 집」 등으로 대표되는 여성.

사회 문제를 주로 취급했다. 만년에는 사회에서 자신의 내면 세계로

눈을 돌려 회의적, 상징적인 심리극을 주로 썼다.

아서 쇼펜하우어 Arthur Schopenhauer [1788-1860]

독일의 철학자. 칸트의 인식론, 플라톤의 이데아론, 인도 철학의

범신론과 염세관을 종합한 철학 체계를 수립했다.

노른 Norn

북유럽 신화에 나오는 신으로 운명을 맡아보는 세 여신이다. 그들은

자매 사이로 각각 과거와 현재, 미래를 관장하고 운명과 예언을 맡는다.

보통 복수로 쓴다.

그들도 한때는 인간이었다

막심 고리키의 인생과 작품 세계

　막심 고리키(본명 알렉세이 막시모비치 페쉬코프)는 1868년 3월, 러시아의 니주니노브고로트(1932년 고리키시로 개명되었음)에서 태어났다. 그는 러시아 자연주의 작가의 한 사람으로, 부랑자나 사회로부터 소외당한 빈곤층에 대한 이야기를 생생하게 그려내 주목받기 시작했다. 5살 때 아버지가 돌아가시자 그는 할아버지 손에서 자랐다. 아버지와 할아버지는 모두 생계를 간신히 꾸려나가는 일반 노동자였다. 고리키의 할아버지는 어려운 시기에 처하면서 어린 그에게도 가혹하게 대했다. 고리키는 그 자신이 고아였으며 소외 계층의 한 사람이었다. 그는 학대와 거부에 아주 익숙

해졌다. 그나마 어린 그에게 정을 준 사람은 그의 할머니였
다.

　고리키는 정규교육은 거의 받지 못했다. 그의 할아버지
는 그가 11살 때부터 스스로 생계를 책임지도록 강요했다.
그래서 그는 초상화가의 심부름꾼, 증기선의 접시닦이, 구
두방의 조수등 찾을 수 있는 모든 일을 닥치는 대로 해야
했다. 주인에게 매맞는 일이 흔했고 거의 굶주려 지내다시
피 했다. 고리키는 이런 비참한 삶에서 벗어나기 위해 독서
광이 되었다. 대부분의 다른 유명한 작가들과는 달리 고리
키는 교육도 받지 못했고 당시 하류층에 훨씬 더 가까운 사
람이었다. 본명보다는 고리키라는 이름으로 더 잘 알려졌
는데 이 단어는 '견디기 어려운, 신랄한' 이란 뜻으로 십대
초기에 지은 것이었다. 이 이름은 그의 어린 시절과 그가
종종 느꼈던 사고방식을 보여 준다.

　고리키는 성인기 초반을 야간 경호원, 제빵 기술자, 부두
노동자로 일했던 카잔에서 보냈다. 언제나처럼 그는 모든
종류의 사람들과 어울렸고 초기 러시아 혁명 사상에 대해
많은 이야기를 들었다. 농민에 대한 이상주의적 태도에 혐

오를 느끼고 비참한 자신의 운명을 비관하면서 21살에 고리키는 자살을 기도한다. 그러나 실패하고, 그는 카잔을 떠나 러시아 남부를 이리저리 방황하면서 여러 직업을 전전한다.

1892년 고리키의 첫 작품이 출판되었다. 몇 해 동안의 곤경과 떠돌이 생활은 작가에게 강렬하고 단호한 문체를 만들어 주었다. 그의 첫 대표작 「첼카쉬」(1895)는 그에게 엄청난 명예와 인정을 안겨 주기 시작한 작품으로 기록되었다. 1899년 「26명의 남자와 한 소녀」가 출판되었다. 이 가슴 뭉클한 작품에는 한 도시에 있는 빵집의 비참한 노동 환경이 소개되어 있다. 감동적이고 통렬한 고리키의 글은 톨스토이, 체홉과 같은 수준에서 비교되기 시작했다.

고리키는 소설과 희곡을 쓰면서 20세기를 맞게 된다. 그는 인간 존재에 대한 보다 깊은 의미를 탐구하기 위해 일부러 줄거리에서 벗어나기도 하고 글 속에서 방황하기도 했기 때문에 비평가들로부터는 거의 호의적인 반응을 얻지 못했다.

「어머니」(1906)는 아마 이 시기의 그의 작품 중 가장 인정을 받지 못한 작품이었을 것이다. 이 작품은 가장 길고도 심층적으로 러시아 혁명 운동을 다룬 작품이었기 때문에 이런 혹평이 그리 놀라운 것은 아니었다. 그러나 이후에 이 작품은 대단한 가치를 인정받게 되는데 그것은 문체뿐만 아니라 러시아 하층 노동자들의 이상과 삶을 바라보는 독특한 시각 때문이기도 했다. 고리키의 가장 중요한 극작품은 「밑바닥」(1902)이다. 이 희곡은 고리키 작품에 공통적으로 나타나는 고난, 신랄함, 좌절의 전형적인 특징과 주제를 다루고 있다.

1899년에서 1906년의 시기 동안 고리키는 상트페테르부르크에서 살면서 막시즘에 매혹되었다. 그는 레닌의 볼세비키당을 옹호했으나 정식으로 가담한 증거는 보이지 않는다. 흥미롭게도 고리키는 수입의 많은 부분을 볼세비키 당원들에게 기부했고 곧 그는 당의 중요한 재정원이 된다. 고리키는 1902년 명망 높은 러시아 과학 아카데미의 회원에 선출된다. 하지만 이러한 명예는 정치적 이유로 선출이 취소되면서 짧게 마감된다. 이 조처에 분개한 동시대 작가 안톤 체홉은 이에 항의하여 자신도 회원직을 사임한다. 이때쯤에 고리키는 이미 결핵을 앓고 있었는데 이 병으로 1910

년 체홉도 목숨을 잃었다. 그는 크리미아로 이주한다.

고리키는 1905년 혁명에 가담했고 체포됐다가 즉시 풀려난다. 그의 석방은 부분적으로 해외에서의 항의 시위 때문이기도 했다. 억압적인 그의 상황에 대한 지원을 인식한 고리키는 1906년 미국으로 망명하려고 한다. 악명이 높았던 미국 작가 마트 트웨인의 초청으로 처음에는 그의 계획이 잘 풀려나가는 듯했다. 하지만 이 호의적인 환대는 고리키의 여행 동반자가 아내가 아닌 사실상 그의 정부였던 마리아 안드레예바라고 밝혀졌을 때 차갑게 돌변했다. 고리키는 몹시 유감스러웠다. 이러한 그의 편치 못한 감정은 「황색 악마의 도시」라는 연재물에 표현되었다. 그것은 미국, 특히 뉴욕시에 관한 것이었다.

고리키는 그 후 7년간을 망명 생활을 하며 대부분 카프리에 있는 저택에서 보냈다. 그의 작품은 대중에게 꾸준히 인기가 있었지만 지식인층에서는 외면당했다. 레닌과 당원들도 이 시기에 고리키를 달가워하지 않았다. 망명 생활 동안 고리키는 종교와 철학에 심취했다. 1908년 「고백」이란 작품을 썼는데, 이 소설은 정통파 막스주의자들을 더욱 격

분시켰다. 반면 일반 막스주의자들은 대중에게 대단한 영
향을 끼쳤던 그의 작품과 그를 묵인했다.

1차 대전 중 고리키는 러시아의 참전을 반대한 볼셰비키
의 입장을 지지했다. 그러나 1917년에 일어난 정부 전복과
로마노프 일가의 암살에는 반대했다. 레닌은 고리키가 새
정부의 가혹한 정책에 반대하여 과감하게 목청을 높이자
그의 출판물을 발행 금지시켰고 심하게 검열하였다. 혁명
후기의 초반에 가서 고리키는 동료 작가들을 고통에서 해
방시키고 값진 문학예술 작품들을 보존하기 위해 레닌의
요구에 순응했다.

이 타협의 시기에 고리키는 그의 가장 위대한 작품을 집
필하기에 분주했다. 사실상, 이 작품은 러시아 최고의 자서
전으로 평가되고 있다.

1913년에서 1923년까지 그는 자전적 3부작 「나의 유년
시절」, 「세상에서」, 「나의 대학」을 썼다. 이 책들이 자전적
이기는 하지만 대부분의 고리키 자신의 소년, 초기 성년 시
절의 일부분을 차지한 많은 인물들과 서민들에 대해 얘기하
고 있다. 자신에 대한 특별한 설명은 있어도 아주 간단하

다. 그는 자신의 삶과 그에 관련된 사람들을 얘기하면서 분석하거나 설명하려고 하지 않는다. 작품을 통해서 불굴의 정신의 중요성과 인간 학대의 경멸적인 성격을 계속해서 강조한다.

　고리키는 당시 소련 연방이었던 러시아에 1928년, 60세 생일이 되던 해에야 돌아왔다. 성대한 공식 연회와 환대에 그는 무척 놀랐다. 당시 스탈린이 관좌에 있었는데 고리키는 정부의 환심을 사서 정치적인 꼭두각시로 이용됐다. 러시아 생존 최고 작가라는 그의 위치는 소련의 목표를 홍보하는 데 사용되었다. 1934년 고리키는 새로이 창설된 소련 작가 협회의 초대 회장이 되었는데 소련 정부를 위한 일종의 정치 선전.활동을 펼치는 작가를 지지하는 성격의 단체였다. 고리키는 거의 대부분 혁명 전의 시기를 다룬 작품을 계속 썼다. 고리키는 말년의 최고작으로는 「레프 톨스토이에 대한 회고」와 「작가에 대하여」가 있다. 동시에 그는 스탈린 정부의 잔악한 정책까지도 홍보 선전하는 광고문을 제작했다. 이 모든 것이 소위 생명을 부지하기 위한 일이었다고 일컬어진다.

　막심 고리키는 1936년 6월 14일, 세상을 떠났다. 30년간이나 결핵을 앓아 오기는 했어도 그의 죽음은 갑작스런 것이었다. 사망 원인도 분명치 않다. 1938년 우파 운동가들에 대한 재판에서 전 경찰과장 야고다는 고리키의 친스탈린 활동 때문에 그를 암살하도록 지시했던 사실을 자백했다.

드러나지 않은 면을 살펴보면 막심 고리키는 비범한 명예를 얻은 평범한 사람이었다. 또한 러시아 농민들에 대한 압제와 학대에 끊임없이 대항했다. 그는 깊이 생각하는 사람이었고 그것은 작품에서 드러난다. 그의 문체가 다른 작가들, 특히 학식 있는 작가들보다 세련되지 못하다는 사실은 중요하지 않다. 사실 그의 세련되지 못한 문체가 오히려 그의 주제에 사실성을 부여한다. 역사적으로 고리키의 작품은 러시아의 혼란, 혁명과 초기 소련 집권 당시 러시아 서민들의 삶을 가장 이해력 있게 설명해 주기에 대단히 중요한 것이다.